百日髷の剣客

見倒屋鬼助 事件控 4

幸夫

時代小説

二見時代小説文庫

目次

百日髷《まげ》の剣客——見倒屋《みたおしや》鬼助《きすけ》 事件控 4

一　偽者安兵衛

一

「だあーっ」

「おぉっとっとっと」

胸元へ飛び込み打ち込んだ鬼助《きすけ》の木刀を、毛利小平太《もうりこへいた》は数歩退《すさ》り、竹刀《しない》で防いだ。

鬼助の木刀は脇差《わきざし》寸法で、中間《ちゆうげん》の用いる短いものである。

「おぉおぉおぉ」

周囲から感嘆の声が上がった。

「鬼助、さすがよのう」

言ったのは堀部安兵衛《ほりべやすべえ》だった。

浅野家が改易になってから、すでに半年が過ぎた元禄十四年（一七〇一）長月（九月）の初旬である。

　このころになると、元浅野家臣のなかで、早くも生活に困窮する者が出はじめていた。そのようなところへ、安兵衛が本所《ほんじょ》三ツ目に道場を開いたのだから、これさいわいにと住み込む者は多かった。

　開設当初に町中《まちなか》の長屋を引き払い、道場に身のまわりの物を運んだ毛利小平太と横《よこ》川勘平《かわかんぺい》につづき、木村岡右衛門《きむらおかえもん》、小山田庄左衛門《おやまだしょうざえもん》、中村清右衛門《なかむらせいえもん》、鈴田重八《すずたじゅうはち》の四人がつぎつぎと、

「——さすがは安兵衛どの、かようなところ、よう見つけられましたなあ」

　と、荷を運び入れた。

　屋敷替えになった吉良上野介《きらこうずけのすけ》が、まもなく本所二ツ目に越して来るというとき、待ち構えるかたちに数人が住み込める道場を構えたのは、まさに絶妙だった。

　それができたのも、鬼助がいち早く上野介の屋敷替えの話をつかみ、両国米沢町《りょうごくよねざわちょう》の堀部家浪宅に知らせたからである。

　もちろんそれら住込みの入門者たちは、身許《みもと》がばれないように、安兵衛が長江長《ながえちょう》左衛門《ざえもん》と名乗っているのに倣《なら》い、それぞれに変名を使っている。

きのうは小田左内《おださない》こと小山田庄左衛門、きょうは鈴木八郎《すずきはちろう》こと鈴田重八の家財を、鬼助が相棒の市左《いちざ》と大八車で運んだばかりだ。家財といっても、箪笥《たんす》もなければ長持《ながもち》もない。布団以外は風呂敷包みにまとめられるほどで、鍋釜《なべかま》やまな板など、道場に三つも四つもあっても仕方がない。

「──一応、値をつけて引き取らせてもらいますが」

と、いまは本業となっている見倒屋《みたおしや》稼業も兼ねた。

だが、

「──なにを言うか。運ぶのは布団と衣類と茶碗・箸・湯飲みに桶《おけ》だけだ。刀は差して行くし、あとの片付けは適当に頼むぞ」

と、鍋釜、まな板に包丁、すりこぎ、箒《ほうき》、水がめ、柄杓《ひしゃく》など、残す品々のあと片付けに鬼助と市左が荷運びを兼ね、出向いたようなかたちになった。

それらが一段落終え、

「それじゃあ、あっしらはこれで」

と、大八車を牽《ひ》き、引き揚げようとしたところへ、

「──鬼助、どうだ。久しぶりに、おまえも汗をかいて行かんか」

安兵衛に声をかけられ、股引《ももひき》に腰切半纏《こしきりばんてん》を三尺帯で決めた職人姿のまま、道場で竹

刀の毛利小平太と向かい合ったのだった。

中間《ちゅうげん》用の短い木刀は、長年、鬼助が慣れ親しんだ武器で、大刀よりも長い竹刀と向かい合っても、このほうが使い勝手がよかった。

毛利小平太といえば、安兵衛とも互角に渡り合える使い手である。その小平太と向かい合った。

市左にとっては、鬼助が町場での与太《よた》相手の喧嘩以外に、こうも正式に木刀の技を披露するのを見るのは初めてである。

(兄イ、大丈夫かい)

と、固唾《かたず》を呑んで見守った。

双方正眼《せいがん》に構え、小平太が一歩踏み込めば鬼助は一歩下がり、切っ先は互いに当て合うが、容易に勝負は決まらない。小平太は鬼助の構えから、短い木刀で一撃をかわされたなら、逆にそのままふところに飛び込まれるのを感じ取っている。それを見抜けるのも、小平太ならであろう。

だが、打ち込んだ。

――バシッ
鬼助は受けとめ、同時に踏み込み、木刀の切っ先を突き出した。

なみの者ならそこで喉元か胸元に木刀の切っ先を受けていたであろう。

だがそれを予見していた小平太は、疾風《はやて》のごとく数歩すり足で退《すさ》った。

が、鬼助の体はそれに連動し、木刀の切っ先は喉元近くから離れず、小平太は退る以外の動きを封じられていた。

「それまでっ」

安兵衛の声だ。

周囲からの感嘆の声はこのときだった。決定的な勝敗はついていないが、鬼助の優勢は誰の目にも明らかだ。

安兵衛は満足げだった。なにしろ鬼助の木刀の技は、長年にわたる安兵衛直伝《じきでん》のものなのだ。受けとめて飛び込む……。安兵衛が、中間で木刀しか持てない鬼助のために考案した戦法だった。

陽は西の空にかなりかたむいている。鈴田重八から処分を頼まれた、風呂敷包みひとかかえほどの日用雑貨を大八車に載せ、掘割である竪川《たてかわ》の川筋道を引き返している。

本所の竪川は大川《おおかわ》（隅田川《すみだがわ》）に注ぎ込んでいる。大川への河口から竪川に架かる橋を一ツ目、二ツ目と数え、それがそのまま町の名になっている。

安兵衛の道場がある三ツ目から、二人はいま二ツ目のあたりに大八車を牽き、市左が軛《くびき》の中に入り、鬼助はその横にならんで歩をとっている。対岸の川筋からいくらか入ったあたりに、やがて上野介が越して来る屋敷がある。まだ改修普請《ぶしん》が進んでいる最中だが、それも間もなく終わるだろう。

二人はそのほうにちらと目をやり、話題をそらすように、

「それにしても兄イ、大《てえ》したもんだねえ。いかにも強そうに見える毛利さまと渡り合って勝つたあ、またまたお見それしやしたぜ」

「勝ったわけじゃねえ。ちょうどいいところで、安兵衛旦那が待ったをかけてくだすったのさ」

「なにがいいところですかい。ありゃあ俺みてえな町人が見たって、兄イの勝ちだったぜ。あっ、そうか。だから安兵衛さまがとめなすったのだ」

「ふふふ、おめえも分かるようになったなあ」

「まあ、そりゃあ。言っちゃあなんだが、元中間で職人姿の者におさむらいが負かされたとあっちゃ、面目が立たねえだろうからなあ」

市左は鬼助の鮮やかな木刀さばきを目のあたりにし、冗舌《じょうぜつ》になっている。

「でもよ、兄イ。きょうの鈴田さまもそうだったが、毛利さまのときも小山田さまの

ときも、みなさまそうでやしたぜ。あれでも売れば一回分の飲み代《しろ》くらいにはなろうものを」

と、歩を進めながら背後の荷台をあごでしゃくり、

「全部タダで処分させてくれるたあ。やっぱりご浪人になりなすっても、大望《たいもう》ある方がたは違いやすねえ」

「おっと、市どん。いけねえぜ」

「あっ、すまねえ」

と、市左は片方の手で口を押えた。

元浅野家臣がなにを意図しているか、

「——外に出たときにゃ、おくびにも出すんじゃねえぞ」

と、鬼助からきつく口止めされているのだ。

もちろん、鬼助も具体的にそれを市左に話したことはない。だが半年近くもおなじ屋根の下に暮らしていると、おのずと察しはつく。それに、巷間《こうかん》ではそのうわさで持ちきりなのだ。

鬼助と市左の棲家《すみか》がある伝馬町百軒長屋《でんまちょうひゃっけんながや》の住人たちも、鬼助が市左の家作《かさく》にころがり込んで来るまではどこかの武家の中間だったことは知っているが、赤穂《あこう》藩士であ

った堀部家の中間だったことまでは知らない。知っているのは市左だけで、これも鬼助が市左に口止めしているのだ。

話しているうちに、大八車を牽く二人の足は、二ツ目を過ぎ対岸に回向院《えこういん》のある一ツ目に入っていた。

両国橋《りょうごくばし》に入った。川面には無数の舟が行き交い、橋の上には大八車や下駄の音が間断なく響き、日本橋《にほんばし》とともに江戸繁盛を象徴する音となっている。

本所から渡ると両国広小路《ひろこうじ》の芝居小屋に見世物小屋、茶店に老若男女のそぞろ歩きのにぎわいで、その広場から大伝馬町《おおでんまちょう》をへて神田《かんだ》の大通りへ抜ける広い往還が延びている。神田の大通りに出てから南へ進めば日本橋で、北へ進めば神田川の筋違御門《すじかいごもん》前の火除地《ひよけち》広場に出る。この火除地広場も昼間は屋台や大道芸人が出て、両国広小路ほどではないが、けっこうなにぎわいを見せている。

百軒長屋は大伝馬町とその北側になる小伝馬町《こでんまちょう》のちょうど境目のあたりに広がっている。大伝馬町とも小伝馬町ともつかず、だから単に〝伝馬町の百軒長屋〟と一帯の住人は言っており、周辺にもそう聞こえている。

五部屋のつながった五軒長屋や六部屋つづきの六軒長屋はどこにでもあるが、そこに百部屋もつながっているわけではない。五軒長屋や六軒長屋が一帯に密集し、それらを総称して百軒長屋といっている。

その数棟に入る路地の出入り口に、粗末だが二部屋に玄関口も台所もそろっている戸建ての家作がある。そこが鬼助と市左の棲家《すみか》で、以前は奥の長屋群の大家《おおや》が住んでいたが近くに引っ越し、それを見倒屋の市左が借り、さらにそこへ主家の改易で、行き場のなくなった鬼助がころがり込んだのである。

二人が知り合ったのは、浅野家改易のとき、両国米沢町《よねざわちょう》の堀部家の隠宅に市左が家財の見倒しに行き、そのときまだ中間姿だった鬼助が威勢よく追い返したのがきっかけだった。その鬼助に、

「――行き場がないんなら、兄イとして迎え、俺の見倒し屋稼業を支えてもらいてえ」

などと声をかけたのだから、市左も前身は分からないが、相当風変わりで酔狂《すいきょう》な男である。

おなじ屋根の下で暮らしているのだから、当然鬼助は、

「――市どんよ。おめえ、ただの古道具屋ややくざな見倒屋には見えねえぜ。以前はなにやってたんだい」

と、訊《き》いたことがある。

「――へへへ、兄イ」

市左は照れ笑いをし、

「――兄イだって、堀部家の中間さんだったてえことを、喋るなって口止めしているじゃございませんかい。あっしにだって、そりゃあ、まあ、いろいろとね」

言葉をにごした。

それ以上鬼助は問うのをやめたが、気にはなっている。

鬼助が元赤穂藩の堀部家の中間であったことを市左に口止めしたのは、元藩士らの大望を知っているからであり、そこには市左も、

(兄イがそれを秘かに助《す》けるってんなら、あっしも合力《ごうりき》しやすぜ)

口には出さないが、内心思っている。鬼助からの口止めを守っていること自体がそのあらわれであり、そこは鬼助も感じ取っている。

本所三ツ目から大八車を牽き、伝馬町の百軒長屋に戻ったのは、二人の影が地面に長い尾を引く時分だった。

道で会った長屋のおかみさんが、

「あらら、きょうは商いが少ないようだねえ。また洗濯や針仕事があればまわしておくれな」

「おう、いいともよ。そのうちまたどさっと頼まあ」

声をかけてきたのへ、市左は愛想よく返した。

見倒した品で洗濯や繕《つくろ》いの必要がある場合、長屋のおかみさん連中に頼んでいるのだ。だから百軒長屋では、市左の評判は悪くはない。

二

玄関に入り、閉めていた縁側の雨戸を開けた。夕刻になって雨戸を開けるなど、みょうな家だが、やはり二人そろって出かけるときには一応の用心は必要だ。

家作の玄関はおもての通りに向いており、縁側は長屋への出入り口になる路地に面し、大家が住むにはいい立地になっている。

開け終わったところで、

「おやおや、ここもいま帰りかね。いい見倒しができましたかねえ」

と、ちょうど仕事から帰って来たお島《しま》が縁側に声を投げた。奥の長屋に住む女やもめの行商人で、庶民向けの櫛《くし》や簪《かんざし》、白粉《おしろい》などの小間物を商《あきな》っている。

「おぉう、お島さん。俺たちも帰《けえ》ったばっかりでお茶の用意もできねえが、ま、座っていきねえ」

「じゃあ、ちょいと休ませてもらおうかねえ」

市左の言ったのへお島は応じ、よいしょと背の行李《こうり》を縁側に下ろし、そのまま腰を据《す》えた。

市左も対座するように縁側に胡坐《あぐら》を組み、

「近ごろソレッと駈けつけるような、おもしれえ見倒し業《わざ》をやってねえんだ。ないかね、どこかに。一家あげての夜逃げとか、若い駆落ち者がよう」

と、お島の陽に焼けた顔をのぞき込んだ。

鬼助は部屋の中でごろりと横になり、

(また吉良さんの屋敷に入る手立てはないかなあ)

などと算段しながら、縁側から聞こえる市左とお島の声を聞いている。

お島は江戸市中のあちこちをまわり、それも女相手の商いだからいろいろな町のうわさを耳にする。なかには夜逃げや駆落ちの話も出る。それを市左に話せば間髪《かんはつ》を入れず市左が駈けつけ、置き去りにする家財道具を捨て値で買い取り、それを古道具屋に売りさばく。つまり足元を見倒すわけだが、あくどい商売ではない。売るほうにとっても、捨てて行く古着や布団や箪笥などはむろん、台所のまな板やすりこぎ、箒《ほうき》にまで値をつけてくれるのだから、むしろありがたい存在である。それも夜にさっと来て周囲に知られないように商いをすませる。借金取りが気づいて駈けつけることもある。そのようなときに、鬼助の存在が大事となるのだ。

お島の聞き込んだうわさでひと商《あきな》いできれば、お島にもいくらかの割前《わりまえ》が入ることになる。お島もそれを人助けだと思っており、市左はみずからを〝お助け屋〟と呼び、〝ホトケの市左〟と自称している。

お島は残念そうな口調で、

「気をつけているんだけど、ないねえ。夜逃げや駆落ちなんて、そういつもあるもんじゃないものねえ」

「違《ちげ》えねえ」

市左が相槌《あいづち》を入れ、さらにお島が、

「そうそう。おもしろいうわさのながれている町があるのよ」

「おもしろい？　どんな」

「夜逃げや駆落ちじゃないけど。ほら、いまあちこちで取りざたされている浅野さまのおさむらいさ」

「浅野さまの？」

市左は問い返し、

（うっ）

と、鬼助はしばし吉良邸への思考をとめ、神経を耳に集中した。安兵衛旦那たちが本懐を遂げるには、吉良方を警戒させるようなうわさがながれてはまずい。

お島は言った。

「長屋に浪人さんが住んでいるのさ。半年ほどまえに越して来なさった方らしいけどね。そのお人の評判がよくって、町の人からいろんな代書を頼まれたり、飲み屋からは用心棒に来てくれだの、と。あたしもお顔をちらと見たけどね、百日髷《ひゃくにちまげ》で無精髭を生やしてさあ、いかにも強そうなご浪人さんさね」

「それが、赤穂のおさむらいだと？」

「そう。それも、ほれ。市さんも名前は知っているだろう。高田馬場《たかだのばば》で仇討ち助っ人の決闘をしなすった中山《なかやま》安兵衛さま。いまじゃ堀部安兵衛さまとか」

「なんだって！」

声を出し、跳ね起きたのは部屋の中の鬼助だった。

すり足で縁側に出た。

市左は啞然としている。

「あゝ、びっくりした。いらしたんですか、鬼助さん」

と、腰を縁側に据えたままお島は、不意に出て来た鬼助を見上げた。

「すまねえ、驚かしたりして。で、お島さん、さっきなんて言った。確か、堀部安兵衛と聞こえたが」

鬼助は言いながら正座のかたちに座り、片膝を立ててお島のほうへ上体をかたむけた。

「なんですねえ、鬼助さんも以前はお武家の中間さんなら知っているだろう。中山さまか堀部さま。そのお人が浅野さまの改易で、ほら、また浪人さんに逆戻りさ。越して来なさったのも、ちょうどそのころの半年前だっていうからねえ」

お島の言葉に鬼助と市左は顔を見合わせた。

お島は怪訝《けげん》な表情になり、

「え、あたし、なにか変なこと言った？」

「いや、そうじゃねえ。堀部安兵衛さまなら、俺たちも知っているからよ」

市左が言ったのへ、すかさず鬼助が、

「そう、名前くらいはな」

補足するように言い、

「で、どこの長屋でえ。どんなお人か、俺たちも拝んでみてえぜ」

「まあ、拝むだなんて。ほら、筋違御門の橋を渡った、神田明神下の旅籠町《はたごちょう》さ。その孝兵衛店《こうべえだな》って訊きゃあすぐに分かるさ」

「よし、神田旅籠町の孝兵衛店だな」

鬼助は言うと市左とうなずきを交わし、

「で、そのご浪人さん、自分で堀部安兵衛と名乗っていなさるのかい」

問いを入れた。もしそうならとんだ偽者《にせもの》で、向後《こうご》どのような事態が出来《しゅったい》するか知れたものではない。本物は長江長左衛門と名乗り、さっきまで本所三ツ目の道場で一緒だったのだ。

「あんたがたも物好きだねえ。さっそく行きなさるのかね。あたしはちらと見かけただけで、直接話したわけじゃないから、ご本人から拙者は堀部安兵衛でござる、などと聞いたわけでもないさ。でも、あの長屋のおかみさんにあたしのお得意さんがいてねえ、その人から聞いたのさ。その長屋に住んでらっしゃるご浪人さん、名は変名を使ってらっしゃるけど、どうやら赤穂藩の堀部安兵衛さまらしいって」

「どういうことだ」

鬼助はさらに身を乗り出した。

「なんですねえ、いやにご執心《しゅうしん》で。だから言ったろう、直接ご当人から聞いたわけじゃないって。あらいやだ。陽が沈んじまったよう。早く長屋に帰って夕飯の用意をしなくっちゃ」

お島は縁側に置いた行李を背負い、

「よっこらしょ。そのうち、夜逃げの話でも仕入れておくから」

と、腰を上げ、急ぐように奥の長屋に帰った。

「兄イ」

「ふむ」

と、縁側で鬼助と市左はふたたびうなずきを交わした。

三

翌朝、五ツ（およそ午前八時）時分だった。

日本橋や両国橋ではすでに大八車や下駄の音が橋板に響き、一日がすでに始まっている。

「おや、お早う。これから？」

お島が行李を背に縁側の前を通りかかり、声をかけた。

雨戸はさっき開けたばかりだ。

市左が寝巻のまま縁側に出ていた。

「あゝ、お早う。きのうの話、おもしろかったよ」

「うふふ。行ってみなされ。見るからに強そうなお人だから」

と、お島はおもての通りへ出て行った。

「市どん、早く支度をしねえ」

「おう、すぐに」

明かり取りの障子の中から鬼助が声をかけたのへ、市左はうなずいた。鬼助はお武家を訪ねるのだからと、紺看板《こんかんばん》を梵天帯《ぼんてんおび》で決めた中間姿をすでに扮《こしら》えていた。扮えてというより、これが本来の鬼助の姿でありよく似合う。木刀も帯の背に差している。

これがあれば、気分的にも落ち着けるのだ。

市左はいつもの股引に腰切半纏を三尺帯で締めた職人姿だ。着物を尻端折《しりはしより》にするよりも、これが最も俊敏に動ける。

開けたばかりの雨戸を閉め、小桟《こざる》をことりと落とした。外からは開けられない。

すぐに出かけるのなら、最初から開けなければいいのにと思うが、そうは行かない。

開けなければ屋内は暗く、一日が始まった気がしない。およそ気分的なものだが、これは鬼助がころがり込んで来る以前から、市左が身につけていた習慣で、男のやもめ暮らしといっても、決してずぼらなものではなかった。

鬼助は市左の習慣に従った。というより、武家屋敷で規律ある日常を送っており、町場の市左の習慣に感心したものだった。

玄関の雨戸も閉めた。小桟が落ち、ここも外からは開けられなくなる。帰ったときには、板戸の桟の一箇所を押せば小桟を上げられる仕掛けになっている。指物師《さしものし》に頼んで細工《さいく》してもらったのだ。商家の勝手口などではこうした仕掛けのあるところが多く、もちろん開け方は指物師によっても注文によっても異なる。

出かけた。大八車は牽いていない。

日本橋から延びてきている神田の大通りに出ると、大八車や荷馬、人の歩みが上げる土ぼこりが、もう昼間と変わりがない。

「おっと、ごめんなすって」

脇道から不意に出て来た男が、中間と職人の二人とぶつかりそうになった。大きな風呂敷包みに頭には手拭を吉原かぶりにしている。古着の行商人のようだ。

そのすぐ前を、急ぎの運びか大八車が大きな音とともに土ぼこりを巻き上げ、走り去った。

「うへ、ごほん」

市左は咳払いをし、

「俺たちも急ぎには、ああも土ぼこりを巻き上げているのかなあ」

「たぶんな」

「きょうも行った先で、なにか見倒しの仕事が見つかれば一石二鳥なんだが」

「そう願いてえ」

鬼助が返す。

外に出れば、〝堀部安兵衛〟の話はしない。

昨夜、お島が帰ってから話したものだった。

そのとき鬼助は言った。

「――浅野家の改易が半年前で、その浪人が神田旅籠町の孝兵衛店にながれて来たのも半年前。辻褄《つじつま》は合ってらあ」

「――そうなりやすねえ」

「――だが、おかしいと思わねえかい」

「――そりゃあおかしいぜ。安兵衛旦那には会ったばっかりなのによ」

「――そのことじゃねえ。お島の話じゃ、その浪人さん、強そうな百日髷っていうじゃねえか」

「――安兵衛旦那は髷をちゃんととととのえ、浪人さんには見えねえ」

「――そこよ。百日髷なんてのは、月代《さかやき》を剃らず伸びほうだいになってから結うものだぜ」

「――あっ」

と、市左も気づいた。浪人になったからと、その翌日に髪が急激に伸びるものではない。

「――孝兵衛店のお人ら、そこに気がつかなかったのかなあ」

「――あはは。おめえだって俺に言われ、気づいたんじゃねえか。つまり、強そうなってことで〝堀部安兵衛〟さまになっちまったんだろうが、その経緯《いきさつ》が知りてえ。故意に騙《かた》ってやがるのなら、こいつは許せねえ」

「――もちろんでさあ」

「――でもな、化けの皮を剝がすのは簡単だが、ともかくどんな野郎でどんなつもりなのか、それを見極めてからだ」

「――へえ」

と、きょうの算段を立てたのだった。

筋違御門前の広場にも、すでに人が出ている。見世物小屋はまだ木戸を開けていないが、そば屋や汁粉《しるこ》屋の屋台は出ている。

この広場から、神田川に沿って大川の両国広小路までつづく柳原土手《やなぎわらどて》の通りが延びており、十六丁（およそ一・八粁《キロ》）にもわたって板張りや葦簀《よしず》張り、それに莚《むしろ》一枚、風呂敷一枚の古着屋や古道具屋がならび、市左と鬼助には馴染《なじ》みの場である。タダ同然に見倒した品々を、此処《ここ》の売人《ばいにん》たちに卸《おろ》しているのだ。

「おとといの小山田さまにきのうの鈴田さま、それに毛利さまや横川さまたちから買い入れた、というよりタダであと片付けさせてもらった品々さ。きょうあすにも仕分けしてそこへ運びやしょう」

「そうだな。市どんは売値や買値のやりとりがうまいからなあ。まるで本物の商人《あきんど》のようだ」

人混みのなかで話しながら、市左があごを柳原土手のほうにしゃくったのに、鬼助は応じた。もう目の前が、筋違御門の桝形《ますがた》に組まれた石垣だ。

そこを抜け、神田川の橋を渡れば一帯は神田明神下と呼ばれ、町場が広がっている。そこに神田旅籠町がある。

「朝には遅いし午《ひる》には早いが、そばでもちょいと胃ノ腑にながし込むか」

「そいつはいい。この時分、どこも空いておりやしょうから」

と、話は決まった。そば屋に聞き込みを入れようというのだ。

が、橋を渡って一歩、町場に入ると、なにやら慌ただしさを感じる。そこだけではない。明神下のすべてが浮ついた感じで、人の往来も普段より多い。

「おっと、いけねえ。兄イ」

と、市左が渡ったばかりの橋を背に立ちどまり、

「忘れてたぜ。今年だぜ、今年」

「なにが？　あっ」

目の前の、なんとなく慌ただしい町のようすに、二人はようやく気がついた。ここ数日、見倒屋稼業のほか本所の道場に気を取られ、思い至らなかったのだ。

神田明神の祭礼・神田祭《かんだまつり》だ。そのにぎわいは、江戸中の武士も町人も男も女も、すべてが此処《ここ》に集まったかと思えるほどとなる。

祭礼のたびに山車《だし》や余興、飾りつけなどに莫大な費用がかかり、そこから庶民のさまざまな悲喜劇も惹起《じやつき》されることから、ちょうど二十年前の延宝《えんぽう》九年（一六八一）から、外桜田《そとさくらだ》の赤坂《あかさか》に近い日枝《ひえ》神社の水無月《みなづき》（六月）十五日に挙行される山王祭《さんのうまつり》と隔

年交替でおこなわれるようになり、今年の巳年《みどし》元禄十四年が神田明神の年だった。長月（九月）十五日がその日である。

神田祭と山王祭は町々の山車《だし》がかけ声とともに内濠《うちぼり》城内に入り、将軍家の台覧《だいらん》に浴することから天下祭《てんかまつり》と呼ばれており、これが念頭になかったとは江戸っ子の恥というほかはない。

「あと十日ほどだせ、十日」

「ふむ、そうなる。そうなるなあ」

と、二人ともそれを忘れていたわけではない。きょう〝堀部安兵衛〟の聞き込みに明神下へ行くのに、祭礼が近いということを意識していなかっただけだ。

「どうする、兄イ」

「どうするったって、聞き込みに来たんじゃねえか」

と、ふたたび歩を進めた。

旅籠町は橋を渡ってすぐのところにある。町の名前から、遠方からの神田明神への参詣客を目当てにした旅籠が多く、暖簾《のれん》を張っているものの普段はにぎわうほどではない。だが、この時期の客の入りと飾りつけは格別であり、そろそろその兆候が見えはじめている。

「ともかく行こうぜ」

と、その旅籠町のならびの枝道に入った。枝道でも落ち着きがない。家々の住人たちが玄関の柱や板壁を雑巾で磨くように拭いている。そのすぐそばでは、町内ごとの踊り屋台が組まれようとしている。

孝兵衛店の所在を、板戸の雑巾がけをしているおかみさんに訊いた。枝道から一度曲がった奥の路地がそうらしい。

そこに曲がった、路地の手前にそば屋の暖簾が見える。

「おう、ちょうどいい。あそこにしよう」

と、二人は進み、暖簾をくぐった。

店場に飯台《はんだい》はなく幅の広い縁台が二つ置いてあり、そこに座って碗を手にそばをすするのだが、五、六人の男女の客が座っていた。この時刻には珍しいことだが、猫の手も借りたいほどの忙しさではなかったのでよかった。

そばを注文し、待っているあいだ、客たちの話に耳をかたむけたが〝堀部安兵衛〟の話は出てこない。待つほどもなく、

「おや、お中間さんと職人さんの珍しい組合せだねえ。こんな朝から二人そろって油売りですかね」

と、お運びの女が碗を盆に載せ持ってきた。いくらか色黒で愛想のいい女だ。

「まあ、そうでもねえが、そうみてえなもんで。アチチ」

と、市左も愛想よく返した。聞き込みにはこのような女が一番いいのだ。

「あっ、気をつけてくださいよ」

女がまた言ったのへ鬼助が、

「姐《ねえ》さん。この町の人かい」

「まあ、姐さんだなんて。はいな、すぐそこからさ。お祭が近づいたので、そのあいだの助《すけ》っ人《と》さね」

と、女は厨房から盆を持って出てきた小太りの女と目を合わせ、笑ってうなずきをかわした。この小太りの女が、この店のおかみさんのようだ。色黒の女は神田祭のあいだだけ、近所から手伝いに来ているようだ。

「ほう」

鬼助はうなずき、

「あの高田馬場の中山、じゃねえ堀部安兵衛さんがこの町にいなさるって聞いたが、ほんとうかね。だったら一度、顔を拝んでみたいもんだなあ」

「あゝ、それならうちの長屋さ」

色黒の女は厨房へ戻る動作をとめ、応えた。

（えっ）

鬼助は胸中に声を上げた。市左もそうである。なんと手伝いの女は、孝兵衛店の住人だったのだ。

「えぇ！　堀部安兵衛？　あの高田馬場の。近くに住んでいなさるので？　浅野さまご改易で、またご浪人さんになりなさったという」

「そうらしいのさ」

おなじ縁台でそばをすすっていた、商家の手代風の男が箸を持つ手をとめ興味を示したのへ、市左がうまく返した。話を広げてしまったようだが、孝兵衛店の女はその手代風に向かい、

「それがうちの長屋さ、すぐ奥の孝兵衛店。でも、いまはいなさらないよ。きょうは朝早くからお出かけさ。この町の宿屋さんから数軒共同で用心棒を頼まれなさって。今年はあのお方がいなさるから、お祭のあいだ酔っ払いが出て騒いでも刃物を持って暴れても大丈夫さね」

「ほうそんなにお強いので？」

「そりゃあ、お客さん。堀部安兵衛さまですよ。強いに決まっているじゃありません

か」

　また手代風が問いを入れたのへ、色黒の女は自慢するように言った。

「ちょいとおキヌさん。あのご浪人さんが堀部さまかどうか、決まったわけではないじゃないかね」

「そうおっしゃいますがおかみさん、間違いないですよう」

　小太りのおかみさんが言ったのへ、孝兵衛店の女は反発する口調で返した。おキヌさんという名のようだ。

「どういうことで？　おキヌさんと言いなすったねえ」

　すかさず鬼助は問いを入れた。

「つまりさね、堀部安兵衛さまが、うちの長屋にいなさるのさ」

「いえね、うわさですよ」

　おキヌが言ったのへ、この店のおかみさんはつづけた。

「もお」

　おキヌは不満そうに鼻をふくらませた。

「あはは。孝兵衛店のお人がそうだと言っているんだから、そういうことにしておきねえ。おっと、そうに違《ちげ》えねえ」

帳場から顔を出したのは、この店の亭主のようだ。笑いながら言い、おキヌに睨まれて言い変えた。

どうもおかしい。

鬼助は碗を手に持ったまま、亭主とおかみさんとおキヌの顔を順に見て、

「ご本人はどう言ってなさるので？　ご自分で堀部安兵衛だと名乗っておいでなのかい」

単刀直入に訊《き》いた。

おなじ縁台の二人連れの商家のおかみさん風の女たちも、となりの縁台の四人連れの男たちも、〝堀部安兵衛〟が耳に入ったか、自分たちのお喋りをやめて聞き耳を立てはじめた。

話をますます拡散していることになる。

（まずい）

思ったが、ここで打ち切るわけにはいかない。

鬼助の問いに店のおかみさんが応え、またおキヌが反論するように言った。

「孝兵衛店の人たちがそう言っているんですよ」

「ちゃんと訊きましたよ。違うとはおっしゃいませんでしたよ。それがなによりの証

拠じゃありませんか。赤穂藩のお人たちが、みずからそうだと言ったりしませんよ」

そこへおなじ縁台の、さきほどの手代風が口を入れた。

「そのとおりですよ。赤穂のおさむらいさんたちは、殿さまの無念のご切腹で吉良さまを敵《かたき》と狙いなされて……。おっと、これは大っぴらには言えません」

箸を持った手で口を押さえ、そのまま、

「そういうお人たちが、みずから赤穂と名乗りますか」

「ね、そうでしょう」

おキヌは声をはずませた。

「おもしれえ話、聞かせてもらったぜ。この町に安兵衛旦那がお住まいたあ。なあ、みんな」

「そうともよ。俺たちも拝みてえぜ」

と、となりの縁台の四人が喰い終わり、腰を上げた。

つづいて二人連れの女も、

「そうよねえ。あたしたちも、どんないい男か、見てみたいよねえ」

「そう、そう」

と、カラになった碗を縁台に置き、腰を上げた。

代金を払って出ると、客は手代風と鬼助、市左の三人となった。

「で、おキヌさん、だったねえ」

と、鬼助はつづけた。おやじはまだ厨房から顔を出している。

「いま長屋にいなくって、宿屋の用心棒に出てなさるって話だが、どこへ行ったら会えるかね、その堀部安兵衛さんによう」

「あははは、数日後にまた来てみなせえ。嫌でも会えまさあ。ま、わしらも今年は松井仁太夫《まついじんだゆう》さま、おっと、そうじゃなかった。堀部安兵衛さまがいなさるので、安心しておりやすがね」

おキヌではなく、亭主が応えた。松井仁太夫……安兵衛が本所三ツ目の道場で名乗っている〝長江長左衛門〟とはまったく異なる名だ。

「安心？　どういうことで？」

鬼助は厨房のほうへ顔を向け、市左と手代風もそれにつづいた。

亭主は話した。祭が近づくと、町内の常店《じょうみせ》の前に香具師《やし》が屋台を出したり、軒端《のきば》を貸せと強引にねじ込んで来たりするのがあとを絶たない。そのたびに土地《ところ》の者と外来の者とが揉めるらしい。松井仁太夫なる堀部安兵衛が、旅籠町の宿屋数軒から共同の用心棒を頼まれたのは、そのような事情からのようだ。

「まあ、こっちも町内のよしみで、松井さま、おっと」

「堀部安兵衛さまですよう」

「そう。堀部さまを頼りにしておりやしてね」

おキヌに言われ、亭主は言い変えた。

「そんなら、ここにも堀部さまは来なさるので？」

鬼助が新たに問いを入れたところへ、

「おう、ごめんよ。ちょいと小腹が空《す》いたもんでよう」

と、神田明神の法被《はっぴ》を着けた三人連れの若い衆が威勢よく入って来た。祭準備の若い衆たちのようだ。

「あら、いらっしゃいませ」

「ご苦労さんです」

おかみさんもおキヌもそのほうの対応にあたり、亭主も出していた顔を引っ込めた。

話はそこで中断し、

「おう、伸びねえうちに喰おうぜ」

「おっ、ころよく冷めてらあ」

鬼助と市左はそばをかき込み、代金を払って外に出た。

「兄イ。もうすこしねばりゃ、もっと詳しく聞けたのによ」

「いや、あれでいいんだ。あのままつづけりゃあ、ますます話を広げてしまわあ」

「ま、そうかもしれねえ。で、これからどうするよ」

「せっかく来たんだ。孝兵衛店の木戸だけでも見ておこうか」

と、歩を進めた。どこの長屋でも出入り口には小さな木戸があり、当番を決めて朝晩に開け閉めをしている。伝馬町の百軒長屋は長屋が密集しており、木戸のあるところとないところがある。市左たちの棲家の奥の長屋は、出入り口の家作が木戸代わりになり、木戸そのものはなく、深夜に戻っても大声で当番を呼ばなくてすむ。そうでなければ奥に数棟もあるので市左たちは毎夜うるさくて眠れないだろう。

孝兵衛店はすぐそこだ。

木戸の前まで行って引き返した。なんの変哲もない六軒長屋だ。

またそば屋の前を通り、旅籠町の通りに出た。

宿屋ごとに人の出入りも多く、各戸から人を出しているのだろう、道の脇の溝浚《どぶさら》いまでしている。祭となれば、目に見えないところまで大掃除になるのだ。

そこにゆっくりと歩を進めながら、

「どうやらお島さんは、孝兵衛店の中で聞いたようだなあ」

「そう言っていやしたからねえ」

「ところがそば屋のおかみさんも亭主も、ちょいと話が違う。当人が名乗っているわけでもなさそうだし。だが、うわさに出ている以上、放ってはおけねえし」

「どうするんで」

「ま、きょうはこれで引き揚げよう。しばらくようすを見ようじゃねえか。せっかく来たんだ。明神さまを拝んで行かなきゃ罰《ばち》があたるぜ」

「おう、そう来なくっちゃ」

二人の足は人の慌ただしく動くなかを、神田明神に向かった。旅籠町の一帯が明神下なら、そこからちょいと坂道を上れば神田明神の広大な境内《けいだい》が広がっており、大川から江戸湾まで、点々と大小の船の浮かんでいるのが見わたせる。

祭神は大黒《だいこく》さんに恵比寿《えびす》さん、それに平将門《たいらのまさかど》公である。

本殿に柏手を打ち、あらためて大川のほうに視線をながし、

「市どん、なにを拝んだね」

「あはは、将門公の武勇にあやかって。ほれ、あそこ」

鬼助の問いに、市左は応えた。視線が、本所あたりに向けられている。

「すまねえなあ。おめえを巻き込んじまったみてえでよ」

「なあに、兄イ。あっしは嬉しいんでさあ。安兵衛旦那らの胸中を思い、それの手助けができるなんざ」

「市どん、おめえ……」

鬼助は市左の横顔に目をやり、さらに言おうとした言葉を呑み込んだ。

本物の堀部安兵衛らは、幕府の喧嘩両成敗の武士の祖法を無視した片落ちの成敗に憤《いきどお》りを感じ、

(ならば、俺たちで)

それを胸に秘めているのだ。

市左はそれを巷間《こうかん》に流布《るふ》されている敵討ちとして捉えている。そこに合力《ごうりき》できることに喜びを感じているのだ。

(単に野次馬根性じゃあるめえ。いってえ、以前は……)

鬼助は問おうとしたのだ。

「さあ、兄イ。帰《けえ》って道場に入《へえ》りなすったお人らの物《ぶつ》を仕分けしやしょう。運ぶのはあしたの朝だ」

「うむ。そうだな」

市左の言ったのへ従った。堀部安兵衛の手足になるのは鬼助が差配しているが、商《あきな》

いのことになると、やはり市左の主導となる。

四

参詣人や神田明神の法被《はっぴ》を着込んだ若い衆らの行き交う坂道を下《お》りるのに、なんの手伝いもせず、ただ歩いているだけなのが申しわけなく思えてくる。

明神下の同朋町《どうぼうちょう》に入った。旅籠町とは通りをはさんだ向かい側の町だ。旅籠町に対抗するように、踊り屋台を組む若い衆らの声が聞こえる。

その声に混じって、

「喧嘩だ！　喧嘩だーっ」

さっき鬼助たちの入った、旅籠町の枝道のほうからだ。

「なに！　もう喧嘩？」

「気の早え野郎がいやがるなあ」

と、踊り屋台を組んでいた若い衆や往来人たちが一斉に走り出した。

「兄イ！」

「おうっ」

鬼助も手をうしろにまわして木刀を確かめ、一緒に走った。

旅籠町の枝道にはもう人だかりができていた。

二人は分け入った。

香具師《やし》の一群と宿屋の旦那衆が向かい合っている。喧嘩の原因は、さっきそば屋の亭主からも聞いていたのですぐに分かった。当日の縄張《なわばり》をめぐって軒端を貸せ貸さぬで揉め、気の短い若い香具師が脇差を抜いたのだ。旦那衆も祭をまえに気が高ぶっている。

「斬れるものなら斬ってみなせえ」

総代であろう。年配の旦那がたじろぐよりも一歩踏み出た。若い者が抜いてしまった以上、仲間の香具師たちは困惑しながらも、

「なにぃっ」

と、もう引っ込みがつかない。

このとき、いきり立つ香具師たちに、町の若い者が総代の肩を持って喰ってかかれば、たちまち取っ組み合いの喧嘩になるだろう。一人はすでに脇差を抜いており、血を見る騒ぎになり、役人が捕方を引き連れ駈けつけることになるのは必至だ。

野次馬たちは男も女も恐れるような、それでいてなにかを期待するような雰囲気で

遠巻きにしている。さっきのそば屋もそのなかにいるかもしれない。

「兄イ」

「うむ」

鬼助は腰の木刀に手をかけた。

そのときだった。

軒端の一角にざわめきが起こり、

「どけどけどけい」

声とともに道が開けられ、着物を尻端折にした浪人が一人、飛び出てきた。百日髷に腰には大刀が一本。確かにそれは、高田馬場の中山安兵衛を思い起こさせるのに充分なものがあった。

（ニセ安兵衛！）

鬼助は直感し、

（お手並み拝見）

と、動きをとめた。その耳に、

「あっ、松井仁太夫さま！」

聞こえた。市左も確かに聞いた。

素早かった。鬼助の身がとまるのと同時だった。

──キーン
金属音とともに、

「おぉぉぉぉ」

香具師たちからも野次馬たちからも声が上がった。

松井仁太夫なる浪人は飛び出すなり、脇差の若い香具師に素《す》っ破抜《ぱぬ》きをかけ、手の得物《えもの》を叩き落としていたのだ。

「あわわわ」

若い香具師は両手を前に出したまま後ずさりし、仁太夫は大刀を斜め下段に構えて一歩踏み込み、香具師たちの動きを封じた。香具師の人数は五人だった。

「おーっ」

「さすが松井さまじゃ」

周囲からまた声が上がる。

すかさず総代と思える年配のあるじが、

「さあ、香具師のお人ら。あんたらも祭のお仲間じゃ。中で話し合いましょう」

「うむ」

香具師たちはうなずき、救われたようにあるじについて宿屋の中に入り、もう一人の宿屋の旦那が、

「さあ皆の衆、散ってくださいまし。いまは祭の準備中でございます」

野次馬たちに語りかけ、松井仁太夫も刀を鞘におさめ、香具師たちのあとにつづいて宿屋の中へ消えた。

「ふーっ」

野次馬たちは、法被を着けた若い衆も含め、安堵したように散りはじめた。

「うーむ」

鬼助はうなった。松井仁太夫なる浪人の動きも見事なら、宿屋のあるじたちも見事な収め方だった。

散りはじめた野次馬たちのなかに、

「あのご浪人、そこの奥の長屋のお人じゃないか、松井さまとかいう」

「確かに。じゃが、それは変名で、実は赤穂藩の堀部安兵衛さまだっていうぞ」

話しているのが聞こえた。

筋違御門の橋を戻りながら、

「兄イ！」

まだ興奮のさめやらぬ市左が、

「さっき、野次馬のなかから……」

「ふむ。俺も慥《しか》と聞いた」

「どうしやす」

二人は帰りの足で、筋違御門の橋をゆっくりと歩いている。

「どうするもこうするも、見たかい」

「あゝ、見やしたぜ。鮮やかなもんで。あれじゃ安兵衛旦那とうわさが立っても不思議はねえ」

「そこよ」

「どこで」

「だから、そこよ。じれってえぜ」

二人の足は御門の石垣を抜け、火除地広場に入った。

イカ焼きの香ばしい匂いがただよってくる。

「喰っていくか」

「そいつはいい」

と、イカ焼きを頬張りながらの立ち話になった。

「見たろう」

「見やしたとも。おなじことを二度も訊くねえ」

「おう、すまねえ。つまりだ、どうやら松井仁太夫とかいうご浪人、祭がすむまで町にはなくてはならねえお人のようだ」

「そのようで」

と、まさしく仁太夫は町の用心棒になっている。

「直接会って化けの皮を剝がすのは、それからだ。だがよ、化けの皮といったって、当人がそう名乗っているわけでもなさそうだしなあ」

「町のお人らが、勝手に言っているような?」

「どうもそのようだ。あの風貌にあの腕だ。誰かがふと言うと、まわりがそう信じ込むのも不思議はねえ」

「そのようで」

と、いっても、町の誰かが安兵衛の顔を知っているわけではない。すべては高田馬場の決闘からくる印象が、うわさの素《もと》になっているようだ。

「ともかく、祭が終わってからだ」

と、決めた。

その日、伝馬町の棲家に帰ってから物置部屋にため込んだ物《ぶつ》を仕分けし、翌朝早くに大八車で柳原土手に運んだ。

土手の売人たちは互いに〝兄弟《きようでえ》〟と呼び合っており、市左もその仲間で、鬼助も最近では土手の者からそう呼ばれるようになっている。

とくに鬼助は一度土手で性質《たち》の悪いやくざ者を相手に木刀さばきを披露したことがあり、土手を店頭《たながしら》として仕切っている、土手の八兵衛《はちべえ》こと柳原の八郎兵衛《はちろべえ》から一目《いちもく》置かれ、

「――これからもよろしゅう頼むぜ」

などと頼まれもしている。それがまた、市左には土手の兄弟たちに鼻高々だった。

朝早くに大八車で土手に荷を運ぶのは、売人同士で売ったり買ったりの舞台裏は、そぞろ歩きの客が出るまえにすませなければならないからだ。市左は種類ごとに、布団はあそこ、古着はこちら、刃物類はそこと卸《おろ》す相手を決めており、仕事は要領よく速かった。

きょう持って来た物は雑貨類で金目のものはなかったが、それでもタダでもらった物ばかりだから、一応の利はあった。

やはり利鞘《りざや》が稼げるのは、夜逃げや駆落ち者から捨て値で買い取った布団や古着、

家具類だ。これが見倒屋の醍醐味《だいごみ》だが、夜逃げや駆落ちがそういつもあるわけではない。普段は声をかけられ、古道具の買取りなどに出向くこともやっている。

昼間ぶらぶらと遊んでいるわけでは決してない。けっこう仕事はあるのだ。

五

そうした数日が過ぎ、あと五日ほどで神田祭の宵宮《よいのみや》という日だった。この日から祭は始まり、翌十五日が台覧に浴する本番ということになる。

大伝馬町の商家から古箪笥や古着を引取って物置部屋に運び入れ、ひと息ついた時分だった。陽が西の空にかなりかたむいている。

玄関の戸を開ける音とともに、

「鬼助兄イに市左の兄イ、いなさるか」

声を入れたのは、南町奉行所の定町廻り《じょうまちまわ》り同心小谷健一郎《こたにけんいちろう》についている岡っ引の千《せん》太《た》だった。いくらかひねくれた顔つきで、声からもそれが分かる。

「おう、いるぜ。上がって来ねえ」

「おう、いたか。縁側へまわるぞ」

奥の部屋から市左が投げた声に返ってきたのは、小谷自身の声だった。

「おっ、旦那も一緒でしたかい」

と、ごろりと寝ころがっていた鬼助が上体を起こし、

「いいな、市どん。すっとぼけるんだぜ」

「分かってらあ」

市左と小声をかわし、縁側に出た。

奥の部屋といっても二部屋しかなく、玄関側の部屋を見倒した物の物置に使い、台所側を居間にしており、どちらも明かり取りの障子を開ければ縁側で、それが奥の長屋への路地に面している。縁側はそのまま廊下になって玄関につづいている。

鬼助も市左も、小谷同心が元浅野家臣の動向を探りに来たと思ったのだ。探るといっても、鬼助も市左も、千太が兄イと称《よ》んだように小谷同心の岡っ引で、兄弟分になるのだ。

だが鬼助は、小谷の要請で岡っ引になったものの、気が乗らねえ事件は探らねえ、指図は受けねえ、岡っ引だってことをおもてにしねえ……との注文をつけ、

「――おもしろい。よかろう」

と、小谷が呑んだので、市左と対《つい》になって御用聞きの手札《てふだ》を受けたのだ。いわば、

隠れ岡っ引である。

小谷にとっては、それなりの思惑があった。

（――この元中間、使える。見倒屋の市左も、世の裏に通じている）

と、それだけではない。浅野家改易のとき、お屋敷明け渡しのどさくさに紛失した堀部安兵衛の朱鞘《あかさや》の大刀の探索をしたおり、鬼助が堀部家の忠実な中間であったことに気づいている。そのうえで、俺の岡っ引になれと勧誘したのだった。もっともそのときは、喜助という名だったが、市左に誘われ、見倒屋になるなら徹底してと喜《き》を鬼《き》に変えた。だがキ助の本体は、そう変わるものではない。

小谷は縁側にまわって腰を下ろし、そこに鬼助は、

「こっちには事件らしい事件はありやせんぜ」

と、胡坐《あぐら》を組み、市左が台所からお茶を運んで来て、

「神田川のあたりが浮足立っている以外はね」

と、そのまま鬼助とならんで腰を据えた。

千太は縁側の前に立っている。

「そのことよ。浮足立っている神田明神下で、ちょいとおもしれえ話を聞いたもんでなあ」

と、小谷は切り出し、鬼助の顔をじろりと見た。

本所三ツ目のことではなかった。得体の知れない武士ばかりが七人も一つところに起居しはじめれば、そこが剣術の道場とはいえ目立つはずだが、小谷同心はまだそこについて鬼助に質《ただ》したことはない。もっとも全員が変名を使っているから、奉行所では気づいていないのかもしれない。

だが、明神下の〝ちょいとおもしれえ話〟で、鬼助も市左も、小谷同心がなにの聞き込みに来たか察した。

鬼助は市左とまた顔を見合わせ、

「おもしれえ話？　そりゃあもうすぐ祭だ。おもしれえぜ」

「あはは、そのおもしれえじゃねえ。おめえら、聞いていねえかい」

「なにをですかい」

市左がとぼけたように問い返した。

「ふふふ、市左よ。おめえ、鬼助と対になっているんだ。知らねえはずねえだろう」

「だから、なにをでえ」

鬼助も問い返した。

「おめえら二人、なにをとぼけてやがる。鬼助の元あるじよ。俺には朱鞘の大刀以来聞く、半年ぶりのなつかしい名だったぜ。面通しをしてもらいてえと思うてなあ」

と、小谷は鬼助たちと話すときには、武士言葉にはならず、町方《まちかた》らしい伝法《でんぽう》な口調になる。

「面通し？」

「どなたを、で？」

「なにをまだとぼけた面《つら》してやがる。堀部の安兵衛さんさ。明神下のうわさじゃ、堀部の旦那が旅籠町の長屋に住んでいるって、もっぱらの評判だ。おめえらが知らねえはずはねえだろう」

祭となれば、酔っ払いに掏摸《すり》に喧嘩、泥棒がつきものだ。その日は奉行所の同心たちもそれぞれの岡っ引を引き連れ、ほとんど総動員となる。その日だけではない。すでに香具師と宿屋の旦那衆が喧嘩になりそうになったように、幾日も前から警戒が必要となる。その見まわりに千太を連れ、明神下に出張《でば》っていたのだ。そこで堀部安兵衛の話を聞き込んだようだ。きのうの一件を聞いたのかもしれない。

鬼助と市左はまた顔を見合わせ、

（お任せしまさあ）

と、市左が鬼助に手で示し、鬼助は無言でうなずきを返した。

そこへ、

「あらあら、八丁堀の旦那。来てらしたんですか」

と、行商から戻って来たお島が、行李を背負ったまま縁側の前で足をとめた。お島が鬼助たちに旅籠町の〝堀部安兵衛〟を最初に知らせたのだ。そのお島が加われば話はややこしくなる。

「おう、お島か。おめえにも訊きてえ。ちょいと寄っていきねえ」

「おっと、お島さん。もうすぐ日の入りだぜ。急がねえと、湯屋が残り湯になっちまうぜ」

鬼助は呼びとめられたお島を急《せ》かすように言った。確かにお島の帰りは、いつもより遅かった。

「あら、そうだねえ。お祭をまえに、紅や白粉がよく売れましてねえ。きょうも帰りが遅くなってしまいましたよう」

お島もなにかを察したか、さっさと長屋のほうへ帰ってしまった。

鬼助と市左が隠れ岡っ引であることは、まわりには伏せてあるが、八丁堀がふらりと見倒屋を訪ねて来て話し込んでいても不思議はない。八丁堀にとっては、なにかの捜査には大事な情報源なのだ。行商のお島も、町々を歩いているため小谷からよく聞き込みを入れられることがある。

小谷は、行李を背負ったお島の背を目で見送り、

「なるほど。おめえら、なにか知ってやがるな」

鬼助と市左へ順に視線をながし、

「さあ、話せ。おめえら、俺の岡っ引だぜ。安兵衛さんがあの町にいるって言われても、俺は顔を知らねえ。朱鞘の大刀のとき、ちゃんと会っておくんだったぜ」

「旦那、なんでそんなことを聞きなさるので？」

鬼助は問い返した。

「ふふふ。一人で名が二つもありゃあ気にならあ。人別帳のある自身番に訊きゃあ松井仁太夫って浪人だが、町で耳に入るのは堀部安兵衛だ。どっちがほんとうなのか知らなきゃならねえのが、俺の仕事でなあ」

「それだけですかい」

「ふふふ。おめえが警戒する気持ちは分からあ。だがなあ、奉行所は吉良さんの手先じゃねえぜ。そこは懸念するに及ばねえ」

「だったら、なんで知りたがりなさるのでえ。江戸でご浪人といやあ、浅野家だけじゃねえぜ。あちこちにいっぱいいまさあ」

「ま、大きな声で言えることじゃねえがな、おめえらには言っておこうか。南町奉行の松前伊豆守《まつまえいずのかみ》さまはなあ、こたびの、つまり半年前《めえ》の内匠頭《たくみのかみ》さま切腹と浅野家取潰しは、喧嘩両成敗の武士の祖法に背《そむ》いておるのではないか、と」

「なにをおっしゃっているので？」

鬼助は胡坐のまま、ひと膝まえにすり出た。

「つまりだ。だったら赤穂のお人らがみずからの手で、と思っても不思議はねえ。それでこそ武士の本懐、と。もっとも、これは俺の身勝手な考えだが」

「ほんとうで？」

「むろんだ。だからだ、ただ知っておきたいだけのことさ」

「兄イ」

と、さっきはお任せと手で示した市左が、うながすように鬼助に視線を向けた。

「ふむー」

鬼助はみょうなうなずきを見せ、

「小谷の旦那、面通しはもうしやしたぜ」

「うっ」

小谷は驚きの声を上げ、上体をさらにねじって鬼助のほうへかたむけた。

「で?」

「ありゃあ安兵衛旦那じゃありやせんぜ、年格好は似ておりやすが。それに当人がそう名乗っているわけでもなさそうだし……」

と、そば屋に聞き込みを入れ、参詣の帰りに見た香具師と宿屋の対峙《たいじ》で、松井仁太夫の堀部安兵衛が瞬時に鎮《しず》めた話を詳しく語った。もちろん町の声も含めてである。

「ふーむ。松井仁太夫さんとやらを、町の者が勝手に堀部安兵衛さんと言っているだけとも聞こえるなあ」

「そのようで」

「ふむ。つまりだ、町衆がそれだけ元浅野家臣へ、秘かに期待してるってえことのあらわれかもしれねえ。それで、鬼助よ」

「へえ」

小谷は腰を上げながら言った。

「で、本物の安兵衛さんはどうしていなさる」

「うっ。そ、それは」

鬼助はとっさのことに口ごもり、

「旦那ア、あっしは確かに元中間でやしたが、いまはほれ、市どんと一緒に見倒屋じやねえ、お助け屋ですぜ」

市左のほうへあごをしゃくると、市左も心得たもので、

「そう、そのとおりでさあ」

「おう、そうだったなあ。ま、おめえが元気だってえことは、安兵衛さんもそうだってえことだろう。おい、千太。帰《けえ》るぞ」

と、長身の小谷が思わせぶりな言いようできびすを返したのへ、

「へえ」

と、いささか頼りない小柄な千太がつづいた。

対照的な二つの背が見えなくなってから、

「頼まれたわけじゃねえが、安兵衛旦那の松井仁太夫たあ、いってえ何者なのか、早く知りたくなったぜ」

「祭がすんでからといわず、あしたも明神下に行ってみやすかい」

鬼助と市左は話した。

おなじ時分、小谷同心が神田明神下を離れ、伝馬町の鬼助たちの棲家に訪《おとな》いの声を入れたころだった。その明神下の長屋で、安兵衛の松井仁太夫が関わったひと悶着が

起きていた。それも旅籠町の、松井仁太夫が住んでいる長屋だった。

そのとき、仁太夫は宿屋のならぶ通りを一巡し、長屋に戻っていた。

そこへ、おなじ長屋に住む容貌《きりよう》よしで十五歳になる娘が、

「助けてーっ、松井さまーっ」

大声を上げて飛び込んできた。

スワ！　酔っ払いか与太者か、と仁太夫は刀を手に土間へ飛び下り身構えた。

が、あとを追って来たのは娘の父親だった。通いの桶《おけ》職人だ。

娘が言うには、祭をまえに奉公へ出ることになり、きょうその迎えが来たという。奉公に迎えが来るなどおかしいと思ったら、それは女衒《ぜげん》の人買いだった。母親が驚き亭主を問い詰めると、祭に着る羽織袴《はかま》を買うのに娘を吉原《よしわら》に出そうとしていたのだ。

そこで娘が逃げ出し、松井仁太夫の部屋に飛び込んだのだった。

「こら、待て。もう話はついているんだ！」

「さあ、金は持って来ているんだ。一緒に来るんだ」

と、娘のあとを父親が追い、それをまた女衒が追って来たのだった。

「許せん！」

仁太夫は裸足《はだし》のまま外へ飛び出すなり、素っ破抜きの峰打ちで父親を悶絶させ、返

す刀の峰で女衒の頸根《くびね》をしたたかに打った。

「うわっ」

女衒はその場にくずれ落ち、首を押さえてのたうちまわった。そやつは路地に出てきた長屋の住人たちにののしられ、首がもとに戻らないのか手で押さえ這《ほ》う這《ほ》うの態《てい》で逃げ帰った。

有無を言わせぬ仁太夫の処断だったが、このあと町役《ちょうやく》が出て来て父親はきつく叱責され、金をまだ受け取っていなかったのでコトは無事に収まった。

住人たちは言っていた。

「気持ちは分かるがよ、娘まで売ることはなかろう」

「でもよ、俺にも娘がいりゃあ、おなじことを考えるぜ」

「なに言ってんだい。おまえさんを佐渡《さど》の金山にでも売って、あたしが祭の着物を買おうかしらねえ」

その男の女房が切り返していた。

ここでもやはり、住人はささやき合っていた。

「あの太刀さばき、見たかい。高田馬場でも、あんなだったんだろうねえ」

「そうさ、間違いないさ。思うところがあって、名を変えていなさるのさ」

六

翌朝である。

「すまねえ、市どん。俺一人で本所三ツ目に行って、偽者が出ていることだけちょいと安兵衛旦那の耳に入れてくらあ。祭が終わってあの浪人さんに直接会うときにゃおめえも一緒だ」

と、鬼助は一人で出かけた。

当人が名乗っておらず、周囲がうわさしているだけなら化けの皮とは言えないが、本物の堀部安兵衛に話せば、また別の対処も考えつこうかと、きのう小谷同心が帰ってから市左と話し合ったのだ。

それ以上に鬼助は、火のないところに煙は立たずの譬《たと》えどおり、住人がうわさをして松井仁太夫なる浪人が否定しないとは、背景になにかあるのではないかと推測しはじめたのだ。

もしあるとしたなら、それはなにか。

安兵衛旦那が上野介《こうずけのすけ》の新居に近い本所三ツ目に入ったことの目くらましに、自分で他所《よそ》に身替わりを立てたのではないか。浅野家改易と同時にこの日のあるのを予想し、そうした用意をしていたとしても、それが安兵衛ならず隠居の弥兵衛《やへえ》老の算段なら、納得できるところでもある。

しかし、もしそうだとしたら、十五歳のときから堀部家の中間として仕え、二十年になるというのに、

(俺になんの相談もなかったなんざ、弥兵衛さまも安兵衛さまも、水くさいじゃねえか)

思えてくるのだった。

だから、

(きょうは一人で)

と、市左を伝馬町の棲家に残して出てきたのだ。

あの松井仁太夫なる百日髷の浪人は、堀部家でも鉄砲洲の浅野家上屋敷でも、まったく見かけなかった顔である。

鬼助はきのうとおなじ、紺看板に梵天帯の中間姿で出てきている。腰の背には、安兵衛から餞別《せんべつ》にもらった木刀を差している。その姿で、場合によっては文句のひとことも言いたい気分で両国広小路の雑踏に入った。

広場に浪宅のある米沢町が面している。

急に気が変わった。安兵衛に話すより、直接隠居にぶつけてみようと思ったのだ。

「おっと、ご免なすって」

と、往来人とぶつかりそうになったのを避け、葦簀《よしずば》張りの茶店と甘酒屋の屋台のあいだをすり抜け、弥兵衛の浪宅への枝道に入った。

浪宅の板塀の門は、昼間はいつも開いている。浅野家の改易後は、秘密めいたものを払拭《ふっしょく》するため、故意にそうしているのだ。

中間姿だ。奉公人のようにそのまま入り、母屋の脇を抜けて裏庭から片膝を地につき、明かり取りの障子に、

「鬼助でございます」

声を投げた。

「おぉう、鬼助」

すぐ縁側に弥兵衛が出て来て、

「なにか用があるような顔だなあ。さあ、そんなところに畏《かしこ》まっておらず、こっちへ来て座れ」

「へい」

と、鬼助は地から膝を上げた。奉公人があるじの座っている縁側へ一緒に腰を下ろすなど、武家社会ではあり得ないことだが、いまは中間姿で来ても奉公人ではない。それでもやはり恐縮するように、

「お言葉に甘えまして」

浅く腰を据えた。

「まあ、これは喜助」

と老妻の和佳《わか》が茶の用意をする。

ますます恐縮する。

安兵衛の妻女の幸《さち》はどこかへ出かけているようだ。

「実は、ご隠居さま。きょう参上いたしましたるは……」

と、弥兵衛のほうへ上体を向け、神田明神下の一件を話しはじめた。

和佳も障子を開けたまま、縁側の弥兵衛の背後になるように、部屋の中で端座《たんざ》している。

弥兵衛も和佳も真剣な表情で、耳をかたむけるように聞き、

「ふむ、騙《かた》りでもなさそうな……。それに、腕も立つようじゃなあ」

弥兵衛は考え込むように言った。

鬼助は、きのうの女衒の一件は知らない。だが、鬼助も武道の心得はある。松井仁太夫が素っ破抜きで香具師の脇差を叩き落とした場面は、仁太夫の身のこなしから詳しく話した。それだけで弥兵衛には、その者が相当の腕で、かつ短気な性格であることも分かる。

「おまえさま」

「なんじゃ」

部屋の中から和佳が遠慮深げに声をかけたのへ、弥兵衛はわずかに首を背後に向けた。どうやら、本所三ツ目の道場の目くらましに、弥兵衛が仕掛けた配置ではなさそうだ。

和佳は言った。

「もしかしたら……」

「うむ。わしもいまそれを思うていたところじゃ」

「え?」

と、鬼助にはなんのことか分からない。

老夫婦だからこそ、それだけで分かるようだ。

「あのう……」

鬼助はうかがうように二人へ視線を向けた。

弥兵衛は向きなおり、

「よし、分かった。鬼助、神田祭の日にわしを明神下に案内せよ。松井仁太夫なる者が旅籠町の用心棒をしているのなら、そこに行けば会えるじゃろ。いたら、そっと教えるのじゃ」

「はっ。承知いたしました」

鬼助はわけの分からないまま返した。

弥兵衛はさらに言った。

「そうそう、このこと、道場ではなく、よくこっちに知らせてくれた。安兵衛にはコトが明らかになるまで知らせてはならぬ。もし安兵衛が行って、松井仁太夫なる者が騙りであったなら、あやつ、それこそ素っ破抜きをかけるかもしれんでのう」

背後で和佳がうなずいていた。

帰り、広小路で、

「気をつけろいっ、中間さん」

職人風の男に怒鳴られた。立ち話をしている相手の横合いからぶつかったのだ。

「おう、これは悪い。すまねえ」

鬼助は腕組みをしたまま一歩下がり、通り過ぎた。

分からない。弥兵衛も和佳も、なにやら心当たりがありそうな風情《ふぜい》だった。幸がいたなら、帰りしなにちょいと訊くこともできたろうが……疑問を持ったまま、伝馬町の近くでも大八車とぶつかりそうになった。

待っていた市左に話すと、

「うひょー、おもしろくなってきやがった。祭の日、俺もつき合うぜ」

と、勝手に決めてしまった。

七

その日が来た。

長月（九月）十四日、宵宮である。

町々の準備はすっかりととのい、宵宮といっても朝早くから神田明神下を中心に、あたり一帯の町々は人、人、人となる。

家々の前にはやがて練り歩く山車《だし》の列の見物衆のために桟敷《さじき》が設けられ、そこには金屏風《びょうぶ》が立てられている。桟敷の設置も金屏風も、町の家々の財力を示している。

借金をしてでも出費を惜しむ家はない。

だが、金屛風など、どこの家にでもあるものではない。見物の衆から声が出る。

「おっ、あの金屛風の絵柄、去年の山王祭でも見かけたぜ」

「なに言ってんのさ。あの屛風はこの家の自前さね」

町内の女が応酬する。ほとんどの家が、幾月も前から金屛風を持っている家にわたりをつけて予約し、損料《そんりよう》を払って借りているのだ。

随所に設けられる、ふるまい酒のお神酒所《みきしよ》も町の自慢である。途中で酒を切らしたりすれば、再来年の祭まで町の恥となる。

いよいよ山車《だし》のお披露目《ひろめ》である。行列を揃へて近辺を練り歩く。このようすをものの本には、

――祭礼勢揃いあり。今日、道筋の武家、町家等には賓客を迎へ饗応し、明《あく》るを待つ。街の賑ひに充満す。祭礼にあづかる町々は軒挑灯《のきちようちん》をかけ、大幟《おおのぼり》を街に立て……練物《ねりもの》筆紙に及びがたし。車楽《だんじり》等、善を尽し美を尽し、町中を引渡す。是《これ》一時の壮観なり。此日《このひ》、都下の貴賤《きせん》桟敷をかけて見物す
と、ある。

山車は坂田金時《さかたのきんとき》や鬼退治の渡辺綱《わたなべのつな》、大江山《おおえやま》の源頼光《みなもとのよりみつ》など悪霊退治にちなむもの

が多く、それら仮装を凝らした山車のあいだには、若い衆が大勢で牽く各町の踊り屋台が入る。

踊り屋台の上では町自慢の娘たちが金に糸目をつけない衣装を凝らし、この日にそなえた踊りを披露し、そのあでやかさに見物衆はどよめく。踊る娘たちのなかには、この日の姿で美人番付に名が出たり、あるいは玉の輿《こし》に乗るきっかけをつかむ者までいる。

そして翌十五日、

――今日、往来人留《どめ》にて、猥《みだり》に通行を許さず、脇小路は柵を結《ゆ》ひ、諸侯よりは長柄《ながえ》槍《やり》を出され、神馬《しんめ》を牽《ひか》せらる。供奉《ぐぶ》の行装《ぎようそう》、最も厳《おごそか》なり
と、ある。

将軍家の台覧である。江戸城の内濠は田安《たやす》御門から入り、将軍の目に供してから竹《たけ》橋《ばし》御門を抜けて外に出る。先触《さきぶれ》が田安《たやす》御門を入り、殿《しんがり》が竹橋御門を出るまで、丸一日かかる。

その十四日の宵宮の日である。

朝早くから鬼助は両国米沢町まで弥兵衛を迎えに行き、市左は夜明け前から場所取りに出た。

昨夜、

「――松井仁太夫たらいう浪人さん、旅籠町の用心棒なら、旅籠町のお神酒所の近くに詰めるはずだぜ」

「――よし。そこが見通せる桟敷に場所を取っておこう」

と、二人は話し合っていた。

日が昇ったばかりだ。米沢町の浪宅では弥兵衛が羽織袴を着け、和佳も一帳羅《いっちょうら》を着込んで待っていた。

「目はわたくしのほうがようございますよう」

と、確かにそのようだが、祭見物のいい口実になったようだ。

老夫婦のことでもあり、両国橋から猪牙舟《ちょきぶね》で筋違御門まで行った。猪牙舟なら客は三人ぐらいまでは乗れるし、速度もあって歩くよりも速い。

筋違御門の舟寄場《ふなよせば》はあちこちから来る猪牙舟で、

「まあ、こんなに」

と、和佳が驚いたほど、着岸に順番を待った。

陸《おか》に上がると、そこはもう人の波だった。

「へい、こちらで。おっと、気をつけなすって」

と、中間姿の鬼助は以前を思い出すように人混みをかき分け、弥兵衛と和佳を明神下にいざなった。

旅籠町では、

「おぉう、兄イ。こっちだ、こっちだ」

と、市左がちょうどうまく、お神酒所の斜め向かいの桟敷に場を取っていた。

こうした人混みのなかでは、武士の刀ほど邪魔なものはない。

「へい、わたくしが」

と、鬼助が受取り、両手で抱え持った。

桟敷では武士も町人も区別はなく、男と女もない。無礼講であり、禄が高いからと割り込みなど許されない。そこがまた祭の醍醐味《だいごみ》でもある。

鬼助と市左が弥兵衛と和佳をはさむように座った。中間姿でも、羽織袴の武士姿と席をおなじくできるのもまた、祭の桟敷席ならではのことだ。

桟敷からお神酒所は人と人のあいだから垣間見《かいまみ》えるが、お神酒所からは人が鈴なりの桟敷席など、誰が座っているかなどよほど注意して見ないと分からない。つまり、格好の見張り所ということになる。

お神酒所にはすでに人だかりができているが、仁太夫はまだ出て来ていない。いずれかの宿屋の設けた控所《ひかえじょ》にでも詰めているのだろう。

先触《さきぶれ》が来た。往還は町々の若い衆が出て人払いをし、桟敷席は緊張と期待の浮ついた雰囲気に包まれる。

歓声が上がる、先頭の山車が近づいた。

飾り付けをした牛に牽かれた坂田金時が通り過ぎ、巨大な張りぼての鬼婆の面に立ち向かう古風な武士は渡辺綱か。

ひときわ大きな歓声というより、応援の声が上がった。旅籠町の踊り屋台が近づいたのだ。大勢の若い衆が牽いている舞台の上で、五、六人のあでやかな娘たちが踊りを披露し、そのうしろに三味線や太鼓のお囃子《はやし》衆がつづいている。いずれも旅籠町では町内の顔見知りであろう。声援の飛ぶはずだ。

その一群が目の前にさしかかろうとしたときだった。

「旦那さま！　あれです」

大きな声だった。

弥兵衛はお神酒所に視線を投げ、

「うっ」

うめくような声を上げ、あとは若い衆や踊り子たちのあいだから垣間見えるその一点を凝視しつづけた。和佳も目の前の出し物よりも、すき間を注視している。

松井仁太夫は、町内の踊り屋台が通るというので控所から出てきたのだろう。お囃子衆が通り過ぎた。

「おまえさま」

「ふむ。間違いない」

和佳と弥兵衛はうなずきを交わした。

知り人のようだ。

「ううう」

と、鬼助は問いたくても、このような場では問えない。

「せっかく来たのだ。きょうは祭見物と洒落込《しゃれこ》むぞ」

「へ、へえ」

弥兵衛が言ったのへ、返す以外にない。市左も同様である。鬼助が訊かないのに、市左が問いを入れるわけにはいかない。

「そろそろ帰るか」

と、弥兵衛の声に一同が腰を上げたのは、陽が西の空に入ってからだった。山車や踊り屋台はまだつづいている。とくに踊り屋台などは、練り歩きが終わってからもそれぞれの町に戻り、そこで固定された舞台となって踊りがつづけられる。もちろん舞台には、町の娘たちがかわるがわるに出ている。

帰るにはまだ早い時分なので、筋違御門ですぐ猪牙舟に乗れた。帰りもおなじように、市左はそこから伝馬町に戻り、鬼助は一緒に猪牙舟に乗り、米沢町まで見送った。舟の上では船頭がいる。訊けない。

「ご隠居！」

と、待ちかねたように鬼助が問いを入れたのは、隠宅に帰ってからだった。

安兵衛は言った。

「惜しい男じゃ。あやつ、不破数右衛門《ふわかずえもん》じゃ」

「えっ。あのお方が」

鬼助は驚いた。

改易前、安兵衛からも聞いたことがある。

「――惜しい、実に惜しい」

と、いま弥兵衛が言ったのとおなじ言葉だった。

国おもてで馬廻役《うままわりやく》百石取りの赤穂藩士だった。どおりで〝堀部安兵衛〟はともかく、赤穂藩士に間違われても否定も肯定もしなかったはずだ。

四年前のことだ。播州赤穂の浜では塩田拡張の作事《さくじ》がおこなわれていた。差配が不破数右衛門だった。作事中、酒に酔った人足が数右衛門に喰ってかかった。数右衛門は一刀の下にこの者を斬り捨てた。このとき内匠頭《たくみのかみ》は、

「――刀は強き者にこそ振るえ」

と、不問に付した。

その二年後だった。塩田に入り込んで小用をした犬を、

「――四足で塩田を汚すか！」

と、これをまた斬り捨てた。

世は綱吉《つなよし》将軍の〝生類憐《しょうるいあわれ》みの令《れい》〟でお犬様の時代である。内匠頭は許さなかった。禄を召し上げた。この日より不破数右衛門は浪人となった。

内匠頭の温情だった。これが江戸なら、確実に切腹だったろう。数右衛門は江戸に出た。

その内匠頭が吉良上野介に斬りつけて切腹となった。

幕府の処置に藩士らは籠城、と思った数右衛門は赤穂に帰った。だが、城明け渡しだった。ふたたびその姿は赤穂から消えた。

それを弥兵衛も安兵衛も、国おもての者から聞いて知っている。

自分たちも浪人となってから、

「──数右《かずえ》はどうしているかのう」

と、弥兵衛と安兵衛は、あらためて数右衛門を気にしていたのだった。

そこへ、こたびの仕儀となったのである。

「鬼助」

裏庭に面した縁側で、弥兵衛は鬼助を見据え、

「よう知らせてくれた。この処置は安兵衛に任せる。明後日じゃ、数右に日本橋の磯《いそ》幸《さち》に来るようつなぎを取れ。安兵衛には、わしから話しておく」

「はっ」

鬼助は縁側から裏庭に飛び下り、片膝を地につけた。気分はまったく以前の堀部家中間の喜助に戻っている。

かつ、元浅野家臣団の存念が、

（一歩、動いた）

との思いにも駆られた。

二　襲撃未遂

一

翌日、台覧の山車《だし》行列の殿《しんがり》が内濠《うちぼり》の竹橋御門を出た時分である。

陽はすでに西の空に大きくかたむいている。

それぞれの町に戻った山車や踊り屋台は、日の入りとともに動きをとめ、おもての祭は終焉《しゅうえん》となる。それが間近だ。

鬼助と市左は旅籠町の人のながれの中にあった。

踊り屋台の上で、着飾った娘たちの踊りがまだつづき、すぐ横のお神酒所では最後の大盤振舞《おおばんぶるまい》をしている。

「兄イ。松井仁太夫さま、お出ましになっておいでですぜ」

「ふむ」

市左の言ったのへ鬼助はうなずいた。きょうも中間《ちゅうげん》姿と職人姿だ。

松井仁太夫の不破数右衛門は、お神酒所に町の旦那衆とともに出ていた。すこし酒が入っているようだが、この二日間、幾人もの酒癖の悪い酔っ払いを追い払ったり痛めつけたりして、町の秩序を守ったことであろう。

踊りのお囃子が聞こえる人混みのなかで、

「ここで待っていてくれ、ちょいと声をかけてくらあ」

と、鬼助が旅籠町のお神酒所に向かおうとしたときである。

「おう、鬼助と市左じゃねえか。おめえらも祭見物かい」

声をかけ、近づいてきたのは小谷健一郎だった。着流しの黒羽織に小銀杏《こいちょう》の髷《まげ》は、どこから見ても八丁堀である。岡っ引の千太を連れている。

「ご苦労さんです」

「ありがとうございました」

まわりから声がかかる。見まわりに出張《でば》っているのだろう。かなり疲れた顔になっている。二日間、実際にご苦労さまといった感じがする。

鬼助は足をとめ、

「まあ、そのようなもので」

と、人混みのなかで立ち話になった。

市左が、

「旦那、ご苦労さんでございやした。あとひと息で」

「ふふふ。おもてはあとひと息だが、問題はこれからだ。市よ、悪質なのがあったらかならず俺に知らせるんだぞ」

小谷同心は言うと、また人混みのなかに歩を進め、

「へえ、それはもちろん」

と、市左がその背にぴょこりと頭を下げた。

千太も、

「それじゃ兄イたち」

と、あとにつづいた。

鬼助は雑踏に立ったまま怪訝《けげん》な表情になり、

「なんなんでえ、問題はこれからだってのは」

「そうそう、兄イ。本所三ツ目のことなどがあって、まだ話していなかったが、どこのお助け屋も、大きな祭のあとには忙しくなるんでさあ」

「祭のあとに？　どういうことだ」

鬼助は問い、そのまま市左と立ち話になりかけたが、

「おっ、いけねえ。松井の旦那、どっかへ行くようだ。あとで聞こう」

と、鬼助は話を打ち切り、素早く小谷と千太の姿が人混みに見えなくなったのを確認すると、市左をその場に待たせる仕草をしてお神酒所のほうへ向かった。松井仁太夫の不破数右衛門が、いずれかへ立ち去りかけたのだ。

人混みをかき分け、鬼助はあとを追った。

仁太夫の数右衛門は、すぐ角を曲がった。あのそば屋と孝兵衛店のある枝道だ。ちょいと休息に、長屋へ戻るようだ。枝道では、祭礼の提灯《ちょうちん》はならんでいるが人混みはない。

そば屋の前を通り過ぎ、孝兵衛店の木戸の前にさしかかった。鬼助は足を速め背後から、

「もし、不破さま」

「うっ」

不意に本名を呼ばれ、松井仁太夫の不破数右衛門は瞬時足をとめ、刀に手をかけゆっくりと振り返った。その用心深さと殺気に、鬼助は思わず一歩あとずさり、緊張し

た口調で、

「堀部家の中間で、鬼助と申しやす」

片膝を地につきかけたのをとめた。目立つ行為はひかえねばならない。

「うっ、堀部家といえば、二人在《おわ》すが、いずれの堀部家に奉公しておるか」

「ご隠居の弥兵衛さまの命《めい》にて参りやした」

値踏みするように見る数右衛門に鬼助は返した。

「ふむ」

と、鬼助が中間姿であり、弥兵衛の名が出たことで安堵したか、数右衛門の表情から緊張の消えるのが看《み》て取れた。

「来よ」

「へい」

数右衛門は長屋の木戸のほうをあごでしゃくり、鬼助はあとにつづいた。数右衛門は鬼助を信用したか、背にも用心は感じられなかった。

九尺二間の長屋で、入ると鬼助は見倒屋の性分が身についたか、部屋の中をぐるりと見まわした。布団以外、なにもないの形容がぴたりの生活ぶりがうかがえる。

鬼助がうしろ手で腰高障子を閉めると、

「さあ、上がれ、上がれ。で、ご老体は息災《そくさい》か。安兵衛はどうしておる。おまえ、中間なら一緒か。ほかの者たちはどうしておる」

よほど懐かしいのであろう。矢継ぎ早に問いを浴びせる。

すり切れ畳の上で、胡坐居《あぐらい》の数右衛門に鬼助は端座の姿勢をとっている。

「不破さま、その儀は」

と、鬼助は落ち着いた口調を投げ、浪宅の場所も道場の件も、一切話さなかった。

「うむ」

と、数右衛門はそれを解し、真剣な表情になった。背後に存念のあることを感じ取ったのだ。不破数右衛門ならではのことである。

弥兵衛の用件を告げると、

「おぉう、おう、おう。あすとな！」

いまからでも日本橋へ行きそうに腰を浮かせた。

鬼助の訊く番になった。この孝兵衛店にたどり着いた経緯を話すと、

「あははは。松井仁太夫は仮の名じゃ。したが、どうしたものか、世間の目とは恐いものよ。わしを安兵衛と勘違いする者がいてのう。それが近辺に広まっておるのは知っておる。赤穂浪人というところは合っているがのう、ちょいと困惑しておる」

と、やはり推測したとおりだった。

笑いながら数右衛門はつづけた。

「おかげで、わっはっは。安兵衛には悪いが、あちこちから用心棒の口が舞い込んでのう。きのうきょうの祭もそうじゃったわい」

と、なんとも天真爛漫《てんしんらんまん》な人物のようだ。だが、高田馬場の名に違《たが》わず、用心棒の任は慥《しか》と果たしているようだ。


ほんの立ち話ですませるつもりだったのが長屋にまで引き入れられ、

(いけねえ、待たせちまった)

と、鬼助は外に出るとおもての通りに急いだ。

陽が落ちたところだ。

「兄イよーお」

「ほっ、ここにいたかい」

と、市左のほうから声がかかった。お神酒所のすぐそばだ。

かなり飲んだようだ。

「おう、悪い、悪い。大丈夫か」

「へへへ。もっと待ってもよかったぜ」

ふらついた足で寄ってくる。

鬼助は腕を抱えるように支え、

「さあ、帰《けえ》るぜ。歩けるか」

と、筋違御門のほうへ向かった。

舟寄場に人だかりがしている。きのうもそうであったろうと思えば、早めに弥兵衛と和佳を両国まで送ったのが、

(よかった)

と、思えてきた。主筋の老夫婦を、町人の人混みのなかで順番を待たせるわけにはいかない。

火除地広場は普段なら日の入りと同時に、屋台も見世物小屋も大道芸人も店仕舞いをし、人の波も潮が引くように消えるのだが、きょうは祭の余韻か、屋台も大道芸人も往来人も、いっこうに引く気配がない。むしろこれからといったにぎわいを見せている。その人混みのなかに歩をとりながら、

「詳しくは帰《けえ》ってから話すが、小谷の旦那の話、ありゃあなんだったんだい」

鬼助は待ち切れないようすで訊いた。孝兵衛店の路地を出るなり、そのことが脳裡

に戻ってきたのだ。小谷同心が〝問題はこれからだ〟と言った件だ。〝悪質なのがあったら〟とも小谷は言っていた。

「あぁぁ、あれかい、ひっく。稼ぎどき、稼ぎどき。へへへへ」

鬼助に腕を支えられ、足はもつれているが、意識はある。

「稼ぎどき？　なんのことでえ。訊いているのは、小谷旦那の話だぜ」

「ヘッヘッへ。だからよう、ひっく、お島さんにも頼んで、うぃー」

意識はあっても、やはり思考は混乱しているようだ。

鬼助に支えられたまま、もたれかかってきた。

（こりゃあ、だめだ。酔いが醒めてからにしよう）

と、

「さあ、しっかりしろい」

市左の腕の下に首を入れ、担ぐようにして歩を進めた。

あたりがしだいに暗くなり、顔の横で市左のいびきが聞こえはじめた。怒るわけにもいかない。ここまで飲ませたのも、お神酒所のそばで待たせたからだ。それにしても、重い。大八車を牽いてくれればよかったと思えてくる。同時に、

（それにしても）

と、〝松井仁太夫〟の正体が判ったところで、小谷同心の言ったことへの関心がますます強まってくる。

奉行所の同心が祭の雑踏のなかで〝問題はこれからだ〟というからには、やはり祭に関わることだろう。市左は酔いのなかとはいえ〝稼ぎどき〟で〝お島さんにも頼んで〟などと言っていたから、見倒屋稼業と関連することかもしれない。それも〝悪質なのが〟はびこりそうな……。

重い目をしながらも月明かりに助けられ、提灯《ちょうちん》なしで伝馬町の棲家にたどり着いたのは、夜も更けた時分だった。

二

翌朝、

（おっ、もうこんな時分か）

と、鬼助が目を覚ましたのは、縁側の雨戸のすき間に強めの明かりを感じたからだった。すき間に感じる外の明かりで、日の出前か陽は昇っているかが分かる。いま感じたのはかなり強い明かりだ。

市左はまだ白川夜船《しらかわよぶね》だ。

そっと縁側に出て雨戸をすこし開け、

「わっ」

まぶしい。陽はかなり高く、お島たち出商《であきな》いや大工など出職《でじょく》の者がとっくに出て、きょうの昼めしはどこでしようかと考えているころだ。お島を呼びとめ、祭のあとに出そうなお助け仕事などあるのかと訊くこともできない。

(帰ってから市どんに訊くか)

と、身支度にかかった。不破数右衛門を日本橋の海鮮割烹《かっぽう》の磯幸へ案内するのに、筋違御門の火除地で待ち合わせている。時刻は陽が中天にかかった時分と話したので、まだ余裕がある。

市左を起こさないように中間姿をととのえた。きょう不破数右衛門を磯幸へ案内することは、市左にも話している。ところが、目が覚めたら午《ひる》ごろで鬼助がいない。二日酔いを棚に上げ、きっと一人で出かけたのを恨むだろう。

(ま、悪く思うねえ。帰《けえ》ってから首尾は話さあ)

と、縁側の雨戸は閉めたまま、そっと玄関を出てそこの雨戸を閉めようとすると、背後から町駕籠の威勢のいいかけ声が聞こえてきた。ふり返ると、なんと駕籠は鬼助の目の前でとまり、乗っている客が垂《たれ》を上げた。女の着物が見える。顔を出した。

「よかったあ、間にあって」

と、なんと降り立ったのは奈美《なみ》だった。

「これはいったい！」

と、駕籠を近くに待たせ、その場での立ち話になった。

奈美は江戸屋敷で内匠頭の奥方阿久里《あぐり》付きの奥女中だったが、いまは磯幸で働いている。その奈美が言うには、きょう、吉良家から急に部屋をとっておけとの予約が入ったのだ。十人ほど来るらしい。上野介は来ないだろうが、老舗《しにせ》の磯幸に部屋をとるほどだから、決して下っ端ではないはずだ。ならば、家老の左右田孫兵衛《そうだまごべえ》か、近習《きんじゅう》の山吉新八郎《やまよししんぱちろう》あたりか。いずれにせよ、安兵衛、数右衛門たちと、おなじ時刻で鉢合わせになる。江戸屋敷で戸田局《とだのつぼね》付きの奥女中であった奈美は、国おもての不破数右衛門を直接には知らない。だが、うわさには聞いている。血の気の多い家士だ。その数右衛門と安兵衛がそろい、吉良家の武士と廊下で出会ったらどうなる。互いに顔を知らずとも雰囲気で察知し、いかなる事態が発生するか知れたものではない。

奈美のとっさの判断だった。ともかく女将《おかみ》に断り、磯幸の男衆《おとこし》を両国米沢町に走らせ、伝馬町にはみずから町駕籠を駆って出向いて来たのだった。

奈美は事情を話し、

「ですから、不破さまと堀部さまがお会いになるのは、直接、両国のご浪宅にて」

「分かった。それにしてもよかった。あと一歩で行き違いになるところでしたぜ。で、奈美さんはこのあと？」

「はい。もう米沢町には伝わっていると思いますので、すぐ磯幸に戻り、私もお座敷で女将さんや仲居さんたちと一緒に接待にあたります」

「うっ」

鬼助は一瞬、緊張の面持ちになった。吉良家の座敷に出て、どのような話をしているのか探ろうというのだ。

「奈美さん」

「はい。わたくしにも、存念がありますから」

言うと奈美は待たせてあった駕籠を呼んだ。

「気をつけなせえ」

駕籠に乗る奈美の背に、鬼助は声をかけた。

奈美はふり返ってうなずき、人足のかけ声とともに、駕籠は遠ざかった。

背後の棲家に、まだ市左の起きだした気配はない。

（敵に、覚《さと》られなければよいのだが）

思いながら神田の大通りに向け、歩を進めた。

いまのところ、浅野家につながる者で吉良家の者と直接接触したのは、家臣の中間とはいえ鬼助だけなのだ。接触どころか、新たな吉良邸の用心棒に雇われた加瀬充之介《かせみつのすけ》の手伝いと、呉服橋御門の旧吉良邸から、引っ越しの荷運びで市左と一緒に大八車を牽き、本所二ツ目の新吉良邸にも入っているのだ。そればかりか、簡単ながら新邸の初歩的な絵図面まで描き、白金《しろかね》の上杉家下屋敷に上野介の身のまわりの品を運んだときには、当人の顔も見ている。いわば、鬼助は元浅野家臣団で貴重な存在になっている。

筋違御門前の火除地広場に入ったのは、陽が中天へかかるのにまだいくらか間のある時分だった。いつもの人出だが、きのうまでの神田祭の余韻か、人の動きにどことなく浮ついたものが感じられる。約束した筋違御門の石垣に近づくと、

「いよう、鬼助。早いではないか」

と、数右衛門のほうから声をかけてきた。待ち切れず、早めに出て来たようだ。百日髷で筒袖《つつそで》に折り目のない洗いざらしの袴など、いかにも浪人といった風情だ。諸人《もろびと》が念頭に描く、高田馬場の中山安兵衛そのものである。

「さあ、行こうか」

歩を踏み出したのへ、

「ちょっとお待ちを」

と、吉良家の家臣と鉢合わせになることは話さなかったが、場所が両国米沢町の浪宅に変わったことを告げた。

「おぉう、そりゃあいい。安兵衛だけじゃのうて、弥兵衛老にも会いたいからのう。ふむふむ、両国にお住まいじゃったか」

と、数右衛門は老舗《しにせ》の料亭よりもそのほうを喜んだ。

筋違御門から両国へなら、神田川に沿った柳原土手が最も近道となる。近道どころか、行楽のそぞろ歩きの者が、筋違御門の火除地広場から、柳原の古着屋や古道具屋を素見《ひやか》しながら両国広小路へながれるのは、お江戸の散策道の一つでもある。柳原の古着・古道具屋がいつも人影の絶えることがないのは、東端の両国広小路と西端の火除地広場のおかげかもしれない。

二人は両側に古着や古道具の商舗《みせ》がつらなる柳原の土手を、話しながら歩いた。中間姿の鬼助が武家の数右衛門と肩をならべて歩けるのは、数右衛門が浪人だからである。これが羽織袴に大小を差した弥兵衛や安兵衛だったなら、鬼助は数歩下がってうしろにつかなければならない。

「あれれ、鬼助の兄弟《きょうでえ》。きょうは中間でご浪人さんのお供かい」

と、莚《むしろ》一枚の売人から声がかかる。

「あはは、俺は百化《ひゃくば》けだからなあ」

などと鬼助が返す。

「兄弟？」

数右衛門が問う。

改易後、市左のところへころがり込んで見倒屋の真似事をしていることを話した。

「ふむふむ。中間も腰元も、みんな苦労しているのじゃなあ」

と、腰元が出たところで、

「最初、弥兵衛さまが日本橋の磯幸を指定しなさったのは」

と、奈美の存在を話した。数右衛門もすでに存念を遂行する同志であり、知っておいたほうがいいだろうと判断したのだ。

「磯幸といえば、確かご内室《ないしつ》さま、おっといまはご後室《こうしつ》さまじゃが、ご贔屓《ひいき》にされていた料亭だったなあ」

と、数右衛門は磯幸の名を知っていたので話しやすかった。女将の要請もあり、上屋敷の奥女中だった奈美が、仲居たちの行儀作法指南と娘の養育係りとして磯幸に入り、両国米沢町の弥兵衛と、赤坂南部坂上の三次《みよし》浅野家下屋敷に住まいする瑤泉院《ようぜいいん》とのつなぎ役になっている。同志にとって、大事な存在なのだ。

人の行き交うなかに肩をならべ低声《こごえ》で話しておれば、かえって盗み聞きされる心配がなく、誰も歩きながら極秘めいた話などしているとは思わないだろう。

「ほう、そりゃあいい。きょう磯幸の料理が喰えくなったのが、いささか残念じゃがのう。あはははは」

「あっしなんざ、物置部屋で残り物のご相伴《しょうばん》に与《あず》かっただけでやすがね」

などと話しているなかにも、鬼助は〝赤穂〟に〝浅野〟、〝吉良〟の名は絶対に口に出さない。外で話していて、断片的にでも聞かれ、関心を持たれてはならないからだ。直截《ちょくせつ》的に言わなくても、鬼助と数右衛門のあいだではすでに通じ合えるようになっている。

「おっ、鬼助の兄弟じゃねえか」

「どうしたい、その格好は」

と、また両脇の商舗から声がかかり、

「あはは、百化け、百化け」

と、適当にかわしているなかに、

「向こうさんは、ちかぢか本所にお引越しだそうですよ」

言ったときには、

「なにっ、うーむむ。ほんとうか。そのときが狙い……」

「しっ、松井さま」

思わず足をとめ声を上げた数右衛門に、鬼助は叱声をかぶせた。変名で呼ぶのも、常に注意していることのあらわれである。

足が両国広小路に入ると、

「おぉう、こんなにぎやかなところに。で、どこだ、どこだ」

と、数右衛門は速足になった。懐かしいのであろう、ひと呼吸でも速く会いたい気持ちがそうさせているようだ。

「待ってくだせえ、松井さま。こっちで」

と、鬼助は小走りになって数右衛門を米沢町の浪宅にいざなった。

「板塀の表戸は開いている。

「ここでさあ」

鬼助が手で示すなり数右衛門は、

「かようなところに、おぉぉ」

声を上げ、案内をはね返すように走り込み、

「安兵衛っ」

大声とともに玄関の格子戸を引き開けた。

声が聞こえたか、玄関に出迎えたのは幸でも和佳でもなく、奥から走り出て来た安兵衛だった。奈美からの連絡は、うまくつながっているようだ。

あとは数右衛門と弥兵衛、安兵衛の三人の世界である。

「それでは安兵衛さま、わたくしはこれで」

玄関口の敷居の外で言った鬼助に、

「ん？　どうした。おまえも上がっていけ」

「いえ、仕事がありやして」

「うーむ、そうか。よくぞ、よくぞ数右《かずえ》を見つけてくれた。礼を言うぞ」

「滅相もありやせん」

鬼助は辞儀をし、きびすを返した背に、

「ご苦労だったーっ」

安兵衛の大きな声を聞いた。安兵衛もきょうの再会を、数右衛門以上に喜んでいる

ようだ。

鬼助は両国広小路から大伝馬町への道をとった。

歩を踏みながら、

「ふーっ」

大きく息をついた。奈美のほうが心配だ。いまごろ、吉良家の家臣が宴を張っていようか。

(左右田孫兵衛さまや山吉新八郎さまたちだろうか。加瀬さんもいるだろうか。それに、なんのための集まりか)

奈美の機転に感心すると同時に、探りたい気持ちにもなり、このまま日本橋へそっと行きたい気分にもなる。

だが、不破数右衛門を堀部弥兵衛と安兵衛に引き合わせるという、降って湧いたような大役を終えたいま、やはり気になるのはきのうの小谷同心と市左の言葉である。お島の名まで出たから、いまは本業になっている見倒屋稼業に関わりのあることは間違いないだろう。

(市どん、もう起きて怒っているだろうなあ)

思いながら、伝馬町への道を急いだ。

三

陽が西の空に入っている。

市左はさすがに起きて、雨戸も開けていた。

「兄イ、ひでえじゃねえか」

と、まだ寝巻のままだった。寝巻といっても単《ひとえ》の着物なので、腰紐ではなく帯さえ閉めれば、そのまま外に出てもおかしくない。

「いやあ、悪い、悪い。起こすのもなんだと思ってよ。それよりも……」

と、部屋に上がるとさっそく〝これからが問題……悪質なのがあったら……〟の件を質《ただ》した。

「それよ、それそれ」

と、市左はきのう酔っ払っていたときに訊かれたのをまったく覚えておらず、初めて話すように語りはじめた。

つい祭に借金をしてまで見栄を張り、終わってから青くなり、返すアテもなくそこで夜逃げというのが珍しくないそうだ。旅籠町の孝兵衛店で数右衛門が女衒を追い返したのなどは、祭のあとの悲劇を未然に防いだことになろうか。

「祭が終わり、その悲劇から逃れるのが夜逃げかい」

「そういうこと」

「なんでえ、お父《とっ》つぁんが病気で治療費が払えなくなり、娘が身売りってのとはわけが違うぜ。自業自得《じごうじとく》じゃねえか」

「それがお江戸の祭ってもんさ」

「その夜逃げ、さっそくきょうあたりからあるのかい」

「いや。祭が終わってから数日が過ぎ、借用証文を突きつけられ青くなってからだ。これから一月《ひとつき》あまり、目が離せねえ。まあ、見ていなせえ。きょう、お島さんが帰ってくりゃあ、あらためてうわさ集めを頼んでおかあ。去年の山王祭には赤坂のほうまで出張《でば》ってもらってよ、俺一人で幾度か大八車を牽いて行ったが、今年は兄イと一緒だ。危ねえ橋を渡ることだってできらあ」

「危ねえ橋？」

「あゝ。女衒の悪い奴には、夜逃げをしねえようにやくざ者を雇って見張らせているのもいまさあ。そんなのに出喰わした日にゃ、せっかく見倒した物《ぶつ》まで全部持って行かれちまうからなあ」

「それが小谷の旦那が言っていた、悪質な奴らかい」

「どっちが悪質か分からねえ。逃げるほうだって、見栄を張るために借りた金を踏み倒そうってんだから、悪質さね」

「違《ちげ》えねえ」

「ま、そんなやつらでも、俺たち見倒屋にとっちゃお得意さんだわさ」

このときばかりは、市左はお助け屋とは言わず、まだ寝たりないのか果報は寝て待てか、またごろりと横になった。

「そんな夜逃げなんざ、逆に借金取りに引き渡したい気もするぜ」

と、鬼助もつづいて、中間姿のまま寝ころがってすぐだった。

太陽がかなりかたむきかけている。

「いるのね。朝は雨戸、閉まっていたけど」

お島の声だ。

「おっ、どうしたい。きょうは早《はえ》えじゃねえか」

市左が起き上がり、縁側に出た。

鬼助もそれにつづいた。

お島は行李を背負ったまま、

「お祭りのまえに稼がせてもらった分、あとはしばらく売れないのさ。それできょうは早仕舞いで、ゆっくり湯にでも行こうと思ってね」

「そりゃあいつものことじゃねえか。ついでに、あのほうも頼むぜ」

市左も縁側に立ったまま話している。

「分かってるさあ、あと四、五日もすりゃあ、嫌でもうわさが入ってきますよ」

「頼むぜ。割前、はずむからよう」

「はいな」

お島は返事をすると、縁側に腰も下ろさず長屋のほうに帰った。湯屋でゆっくりと湯に浸かる。庶民にとっては、贅沢なことなのだ。

その背を見送り、

「お島さんも心得たものだなあ。毎年のことなのかい」

「そうさ。日枝《ひえ》神社の山王祭と一年交替で。ま、あしたあたりから俺たちも、それらしいのを見つけに、町をまわりやしょうや。性質《たち》の悪い金貸しが相手なら、まあ人助けにもなりやすぜ」

縁側で話しているところへ、こんどは玄関のほうから、

「ごめんくださいまし」

女の声だ。

(ん？　なにかあったか)

と、鬼助は玄関に急ぎ足になった。きょう二度目、奈美だ。中食《ちゆうじき》の宴なら、もう終わっているころだ。

「あ、兄イ」

と、市左もあとにつづいた。

腰高障子を開け、土間に立った奈美に、

「いかように。吉良のお人らになにか？　それよりも、ともかく上がりなせえ」

「いえ、用件は短いのです。ここで」

奈美は言い、鬼助のうしろにいる市左に視線を向け、もちろんすでに幾度も会っているが、一応の警戒を示し、

「………」

「あ、市どんなら心配いらねえ。もう米沢町にも本所三ツ目にも幾度か行き、きょう不破さまの行き先が日本橋から米沢町に変わったことも知っていまさあ」

「そ、そう。さようで」

と、市左は場所が磯幸から弥兵衛の浪宅に移ったことまでは知らなかった。鬼助が

戻って来てからいきなり〝これからが問題〟の件に入ったものだから、鬼助もそこまでは話していなかったのだ。だが市左はうまく合わせた。

「ならば」

と、奈美はしなやかに背後の腰高障子を閉め、

「きょう磯幸《うち》へおいでになった方々は……」

と、土間に立ったまま声を低め、

「ご家老の左右田孫兵衛さま、近習の山吉新八郎さまと清水一学《しみずいちがく》さま。ほかは新たに召し抱えられた方がたにて名は分かりませぬが、総勢十八名でした」

清水一学は知らないが、〝新たに召し抱えられた〟で、そのなかに加瀬充之介もいることを鬼助は想像した。

奈美はつづけた。

「きょうの宴は、それら新たなご家臣の方々の、これまでの慰労とこれからの励ましでございました。吉良さまのお引っ越しは、今月二十六日だそうです」

あと九日だ。

「このこと、お役に立ちますかどうか。これを弥兵衛さまにお伝えいただきたく」

「えっ、だったら奈美さん。直《じか》に弥兵衛旦那に話されりゃあ」

市左が口をはさんだのへ、奈美は即座に返した。

「このこと、弥兵衛さまから依頼されたのではありませぬ。直接お伝えすれば間諜になり、和佳さまや幸さまに無用な斟酌《しんしゃく》をおかけすることになります。それに、磯幸の女将を欺《あざむ》いていることにもなりましょう。ですからここへこうして……」

奈美の、周囲への心遣いである。

「承知いたしやしたぜ、奈美さん」

「それではわたしはこれで」

鬼助の返事に奈美はきびすを返し、一度閉めた腰高障子を開け、外から閉めなおした。草履《ぞうり》の音が遠ざかる。腰元姿の奈美が男所帯の玄関口に現われただけで、掃き溜めの鶴となる。

「ふーっ」

鬼助は大きく息をつき、まだ玄関の板敷きに立ったまま、

「やい、市。おめえ、奈美さんの心遣いも分からず、なんてことを言ったんでえ」

「すまねえ。ついとっさに思ったことが出ちまってよ」

真剣な表情で怒った鬼助に、市左は頭をかきながら返した。遅ればせながら、奈美の心遣いを解したようだ。そのまま市左は、

「で、さっき兄イが言っていた、行き先が日本橋から米沢町に変わったってのは、なんのことなんでえ」

「あゝ、それなあ。うまく話を合わせてくれてありがたかったぜ」

と、鬼助は市左がまだ寝ているときに奈美が来た経緯《いきさつ》を話した。

さらに、玄関の板敷きに立ったまま、

「俺、ちょっくら、いまからもう一度米沢町へ行ってくらあ。市どん、このことは」

「分かってらあ。誰にも言うなってことだろう」

「そのとおりだ。それじゃあ」

と、土間に飛び下り、雪駄《せった》をつっかけた。俺もっ、と市左は言えなかった。さっき叱責されたばかりだ。代わりに、

「おっ、いけねえ。木刀をとってきてくれ」

「あいよ」

鬼助に言われ、廊下を走り居間から木刀を持ってきた。鬼助は受け取り、腰の背に差すなり玄関を飛び出した。

夕刻の長い影を地に引き、急ぎ足のなかに、

「あっ」

鬼助は思い起こした。昼間、数右衛門を両国米沢町に案内するのに、柳原土手を歩いていたときだった。鬼助が吉良家の引っ越しを話したとき、数右衛門は思わず足をとめ〝そのときが狙い〟と吐いた。〝そのときが〟九日後、二十六日ではないか。その数右衛門は、まだ米沢町の浪宅にいるかもしれない。

鬼助の足は速まった。日の入り間近でどの往来も人の動きがあわただしく、中間姿の鬼助が小走りになってもなんら目立たない。

両国広小路に入ったのは、ちょうど日の入りのときだった。店仕舞いをしようとする屋台に家路につこうとする人の群れ。そのあいだを走る大八車や町駕籠と、広小路が最もあわただしくなるひとときだ。

浪宅では裏庭にまわった鬼助に、

「何事だ」

と、きょう二度目の来訪に驚き、弥兵衛が縁側に出てきた。数右衛門は弥兵衛としばらく話したあと、安兵衛と一緒に本所三ツ目の道場へ行ったという。鬼助はいくらかもの足りなさを感じたが、弥兵衛に奈美のもたらした内容を話した。

「うむっ」

弥兵衛はうめき、屹《き》っと鬼助を睨み、

「このこと、おまえから安兵衛たちに言ってはならぬぞ。わしから話すゆえ。きょうは二度も、ご苦労じゃった」

言うとあとは、

「うーむ」

と縁側に胡坐《あぐら》を組んだまま、黙考しはじめた。

仕方なく鬼助は、

「それじゃ、わたくしはこれで」

と、その場を辞した。

幸が玄関口まで出てきた。

「すみませんねえ。なんのおかまいもできなくて」

「い、いえ。おかまいなどと」

主筋の奥方に言われてかえって恐縮し、浪宅の前を離れた。

広小路のあわただしさは収まり、人もまばらになっていた。

拍子抜けというより、解《げ》せなかった。弥兵衛は膝を打ち、すぐさま道場へ安兵衛を呼びに行けと命じるものとばかり思っていたのだ。ところが実際には逆で、弥兵衛の皺《しわ》を刻んだ顔には、困惑の色さえ感じられた。

（ま、ご隠居にはそれなりの算段がありなさるのだろう）

と、鬼助は気をとりなおし、

（それにしてもしばらく見倒屋稼業と重なり、忙しくなるかもしれんなあ）

予感を覚えながら、伝馬町への道を急いだ。

四

翌日、陽が昇ってからいくらか経た時分だった。お島もすでに、

「――気をつけておくからね」

と、仕事に出た。

「やあ、鬼助。起きておるか」

と、玄関から入ってきた声は不破数右衛門だった。

鬼助たちは、すでに職人姿を扮《こしら》え、ぶらりと営業に出ようとしていたときだった。見倒屋の営業など、時間の決まったものではない。

「これは不破さま」

と、奥の居間に上げた。この家作の来客には、大名屋敷の腰元風よりも、浪人姿の

数右衛門のほうが似合う。

「あはは、鬼助。それにもう一人、市左といったなあ。礼を言うぞ。近くで百軒長屋と訊くと、すぐに分かったぞ」

と、胡坐居《あぐらい》になって大刀を脇に置き、数右衛門は上機嫌だった。大伝馬町も小伝馬町も、本所三ツ目から明神下の旅籠町へ帰る途中に位置している。

聞けば、きのう米沢町の浪宅から安兵衛に連れられ三ツ目の道場に行き、横川勘平ら懐かしい顔とも会い、

「久しぶりに木刀で心地よい汗を流してのう」

それでひと晩泊まり、

「祭のあとだ。街にはなにかと面倒が起るかも知れぬゆえ、そう長居もしておれず」

と、早々に道場を引き揚げたという。

「ちょいと礼を言いに寄ったまでだ」

と、ここでも早々に腰を上げようとしたのへ市左が、

「へへ、さようですかい。夜逃げなどの話がありゃあ知らせてくだせえ」

営業の話を持ちかけた。

数右衛門は上げかけた腰をまた据え、

「そういやあ、夜逃げじゃないが俺の部屋へ逃げてきた娘がいてのう。ほれ、祭の前だった。長屋で女衒に売られそうになった娘がおって……」

と、おなじ孝兵衛店に住まう桶職人の娘の話をした。

「それ、それでさあ、旦那」

市左は色めき立ち、

「それで金を受け取っちまって、にっちもさっちもいかなくなっちまったあってえのがいたら、へへ、及ばずながら夜逃げの手伝いをしやすぜ」

などと、さっそく営業を仕掛けた。

「あはは。そんなおっちょこちょい、……いるだろうなあ。借りた金の返せ返せねえなど俺の性《しょう》に合わぬが、聞けば声をかけようじゃないか」

と、ふたたび腰を上げた。

数右衛門の口から上野介の話は出なかった。弥兵衛はまだ道場には話していないようだ。鬼助は話すのをひかえた。弥兵衛から口止めされているのだ。

数日が過ぎた。

弥兵衛からも奈美からも、さらに数右衛門からもなんの音沙汰もない。

見倒屋の営業よりも、上野介の引っ越しの件で、

（いってえ、どうなっている）

鬼助は焦りにも似た思いに駆られていた。

それを紛らわすことができたのは、市左の言っていた夜逃げが三件ほどあったからだ。一人は店の金に手をつけ、露見《ばれ》そうになって逃げた筆墨屋《ひっぽくや》の手代だった。

「――さあ、この金を持ってどこへなと失《う》せなせえ」

と、市左は祭で一回袖《そで》を通しただけの着物と、身のまわりの品を買取り、言ったものだった。

「――あのう、これも」

と、高価そうな筆や墨も出したが、

「――ははは。いけやせんぜ」

と、市左は引き取らなかった。盗んだ物《ぶつ》を買い取る窩主買《けいずかい》は、見倒屋が最も警戒するところである。

風呂敷包みを鬼助と分けて小脇に抱え、提灯を手に夜の道を帰りながら、

「――市どん、なかなか堅いところがあるじゃないか」

「――へへ、盗《ぬす》っ人《と》の品など扱ったんじゃ、お天道《てんとう》さまの下を歩けなくならあ」

市左は言った。

（――こやつ、くだけてはいても、中身は堅物。いったい、前身はなんだったのだ）

提灯の灯りのなかに鬼助は、あらためて思ったものだった。

もう一人は親に勘当《かんどう》され、神田須田町《すだちょう》の長屋に一人住まいをし、親の名で借金をして遁走《とんずら》を決め込んだどら息子だった。以前、見倒した長屋も神田須田町で、加瀬充之介もそこに住んでいた。

これもお島がつかんできた口で、

「――須田町に、なんとも情けない若い男がいてねえ」

などと言っていた。

さらにもう一人もお島の口で、やもめ暮らしの三味線の女師匠だった。

「――ちょいと性質《たち》が悪いのだけど」

と、お島は言っていた。年増でお島のお得意さんだったらしい。稽古に来ている鼻の下の長い旦那衆から借金をし、着物と三味線を新調し、家財だけを残して夜逃げを決めたらしい。ここでは手鏡や値の張る小間物などは持って行ったが、箪笥や布団など利鞘の稼げそうな物が多かった。

祭のためとなれば、貸すほうもみょうに納得し財布の紐がゆるむから、借りる側もついつい気軽に借りてしまうのだろう。

上野介の引っ越しがあと二日に迫った二十四日、出職《でじょく》の者やお島たちはすでに出払ったが、まだ朝のうちだった。

「鬼助、いるか」

と、不意に訪ねて来たのは安兵衛だった。安兵衛がここに来るのは初めてだ。月代《さかやき》はきちりと剃り、両刀をたばさんだ武士の身なりだ。玄関ではなく直接縁側のほうから声を入れた。鬼助たちは、見倒してきた古着の洗濯を長屋の住人に頼み、戻ってきたのを整理しているところだった。

「これは安兵衛さま！」

「えっ、旦那！」

と、縁側に走り出た鬼助に市左がつづき、二人とも端座の姿勢をとった。

「あはは、そうしゃちほこばるな。この場所は数右衛門から聞いてなあ」

と、安兵衛は鬼助が上へと勧めるのを断り、気さくに縁側へ腰を下ろした。その後も数右衛門は、ときどき道場に行っているようだ。縁側で話せば、かえって気楽な世間話のように見えるだろうからとの、安兵衛の配慮だった。

鬼助と市左は端座のままである。鬼助の心中は、

（こんなとき、小谷の旦那が来ぬように）

願っていた。おととい、小谷同心が、

「――どうだ。祭の借金取り立てで、性質《たち》の悪い話は出ておらぬか」

と、千太をともない聞き込みに来たばかりなのだ。

鬼助たちが扱った三件は、いずれも借りた側のほうが性質の悪いものばかりで、

「――なにもありやせんがねえ」

と、鬼助と市左は口をそろえた。

「――そうか。また近いうちに来るぞ」

と、小谷は帰ったが、ほんとうにまた来そうである。

そのような鬼助の心中にはお構いなく、安兵衛は声を落とした。

「上野介の引っ越しはあさってじゃが、変更はないか、おまえたちなら調べる手立てがあるだろう」

「へえ、あります」

鬼助は応えた。安兵衛は、引っ越しの話を弥兵衛から聞かされていた。

「なんとか」

と、市左もつづけた。以前、二人は吉良家の用心棒に雇われた加瀬充之介をとおし、呉服橋御門の吉良邸から本所二ツ目の新邸への荷運びに、大八車持ち込みで手伝い、屋敷の中にまで入っている。そのつてを頼れば、探れないことはない。

話は決まった。

安兵衛は腰を上げた。

鬼助は引きとめなかった。

下におりて見送り、安兵衛の背が見えなくなると、

「兄イ。安兵衛の旦那がここに来てくれるたあ名誉じゃねえか。なんで引きとめねえんでえ。上にあがってもらってよう」

「なにを言う。そのあいだに、小谷の旦那が来たらどうする」

「あっ」

と、市左も、鬼助が安兵衛を引きとめなかった理由に気づいた。

「それよりも、市どん。行くぜ、いまからだ」

「おっ、すぐにかい。がってん」

と、このあとすぐ二人は職人姿でカラの大八車を牽き、本所二ツ目に向かった。

まだ午前《ひるまえ》である。

吉良邸は塀の白壁もすっかり塗り替えられ、門の八双金物《はっそうかなもの》も輝くほどに磨かれていた。中の改装もほとんど終えていることだろう。

裏門から訪《おとな》いを入れ、門番に加瀬充之介の呼び出しを頼むと、

「いよおう、鬼助と市左ではないか。どうだ、商いはうまくいっておるか」

と、すぐに出て来た。

「えっ、加瀬さま」

鬼助と市左は同時に声を上げた。神田須田町の長屋に住んでいたころの、百日髷で尾羽《おは》打《う》ち枯《か》らした浪人姿とは見違えるほど、月代をきちりと剃り、着ている衣装も禄を食《は》む武士そのものの姿だった。

「いやあ、俺もなあ、やっと親の代からの浪人暮らしから抜け出せたわい。ほれ」

と、両手を広げてその姿を披露するように見せた。加瀬は自慢したいのか、冗舌《じょうぜつ》になっている。

「実はなあ、単に用心棒ではなく、正規に吉良家に召し抱えられたのだ。その祝いの宴が先日、日本橋の料亭であって左右田さまや山吉どのも出られてのう。俺もこれで吉良家の家臣じゃわい」

嬉しそうに言う。あのときの磯幸の宴がそれだったようだ。

鬼助にとってはこれから吉良家のようすを探るのに、願ってもないことだ。だが、話すのに中へ招じ入れられたのではなく、裏門の門番詰所だったのがいささか残念だった。

「いやあ、ここで許せ。ほれ、おまえたちも知っているだろう。当家はなにかと警戒が厳しゅうてのう、外来の者は武士でも町人でも、むやみに中へ入れてはならぬことになっておってのう」

加瀬は言う。

「それはもう」

鬼助は応じ、きょうの来訪の目的を話した。商いの見倒しのやりとりは市左が中心だが、浅野家に関わることでは当然鬼助が主となる。

「吉良さまで、お引越しのご用などございませぬか。きょうも大八車を牽いて来ております」

「ほう、それは気の早いことだな。荷はあることにはあるのじゃが。ほれ、おまえたちも呉服橋御門から運んだじゃろ。白金の上杉家下屋敷だ」

「へえ。あのときはどうも」

「そこからの荷が、実は明後日の予定だったのが二日延びてのう。上野介さまのお駕籠もおなじ日で、人数は上杉から出て、外の者は入れぬのじゃ。引っ越しは行列とは別だが、午前中に終わる予定だ。俺は内の家臣として行列に入ることになっておってのう。あはは」

それが言いたかったようだ。

「さようですかい。ごもっともなことだと思いやす。またの機会があれば、よろしゅうお願いいたしまさあ」

と、鬼助は腰を上げ、市左もつづいた。

「むろん、そのときはなあ」

加瀬は言った。

改装された母屋のようすや、新たに建てられた家臣団のお長屋などを見ることはできなかったが、

「兄イ、日が延びてやしたぜ。安兵衛の旦那の役に立てたじゃねえか」

「そのようだ。市どん、すまねえがちょいと三ツ目に走って安兵衛さまに知らせてくれ」

「えっ、俺が？　兄イ、行かねえのかい」

「あゝ、用心のためだ。ここから直《じか》に行くんじゃなく、一度両国橋を向こうへ渡って

広小路からふたたび永代橋を渡り、迂回して行ってくれ」

「ほう、尾行をまくみてえだなあ。がってんでえ」

市左は勇んだ。いつも浅野家臣に関わるのは鬼助をとおしてだったが、こんどは直に安兵衛に大事な話ができる。それに大きく迂回して行くのも、理にかなっている。吉良邸からの帰りなのだ。

両国広小路の雑踏のなかで、市左は大八車の轅《くびき》を鬼助と交替し、下流の永代橋に向かった。交替した轅のなかで、

（すまねえ、市どん）

鬼助は心の中で詫びた。

思うところがあった。奈美から聞いた上野介の引っ越しの日を、隠居の弥兵衛に知らせたとき、弥兵衛のようすが予想とは違い、困惑を含んだ表情になったのが、鬼助にはずっと気になっていたのだ。そのことから、安兵衛に頼まれたきょうの探索の結果も、

（弥兵衛さまにも、知らせておいたほうがいいのではないか）

そう思えてきたのだ。一人で大八車を牽く鬼助の足は、すぐ目の前の米沢町に向かった。

さいわい、浪宅は弥兵衛と和佳、幸の三人だけで、安兵衛は来ていなかった。伝馬町からの帰り、浪宅には寄らず直接帰ったようだ。あるいは他所へ出かけたのかもしれないが、少なくとも安兵衛が伝馬町に足を運んだことは、弥兵衛には知らされていないようだった。

いつもの、狭い裏庭に面した縁側で、

「なに、日延べとな」

弥兵衛は驚いた表情になり、きょうの探索が安兵衛から頼まれたものであることも告げると、

「うーむ」

弥兵衛はまた考え込むように腕を組み、しばし黙考のあと、

「鬼助、よう知らせてくれた。礼を言うぞ。きょうはこれで帰り、おまえはおまえの仕事に励め」

などと、みょうな言い方をした。

「へえ」

鬼助は腰を上げた。

大八車を牽いて伝馬町への歩を踏みながら、

（おかしい。なにかが動いている）

思えてくる。もちろん、それがなにか鬼助には分からない。

伝馬町の棲家に戻った。距離的にも、また鬼助が米沢町にいた時間も短く、市左はまだ帰っていなかった。

五

二日を経た。本来なら、きょう上野介の権門駕籠が両国橋を渡り、本所二ツ目の新邸に向かう日である。

朝早く、ここ数日で見倒した物《ぶつ》のうち、かさばる簞笥や長持、文机などを柳原土手の古道具屋に卸し、そのあとは近辺の町々に、借金取りに悩まされている者はいないか、うわさを集める営業に出かけ、

「ほんとうなら、きょう吉良さんの引っ越しの品々を運ばせてもらってたところなんでやすねえ」

「あゝ、まえに呉服橋から白金に運んだときは、けっこうな給金だったがなあ」

と、手応えのないまま伝馬町の棲家に帰った。

陽が西の空に大きくかたむいている。

「おや、二人ともそろっているのね。ちょうどよかった」

と、仕事帰りのお島が背中の行李を縁側に置き、そのまま腰を据えた。

「おっ、お島さん。またなにかつかんで来たようだなあ」

言いながら市左が縁側に出た。

「はいな。それも相当非道《ひど》い、一家心中か夜逃げかの話さね」

「ほっ、待ってな。お茶を入れるから」

と、市左が台所へ向かうのと入れ替わるように、鬼助も縁側に出て、

「一家心中たあ穏やかじゃねえな。さあ、聞かせてくんねえ」

言いながら腰を据え。市左も湯飲みと急須を載せた盆を手に座り込み、

「心中なんざ話にならねえ。夜逃げに持ち込めそうな話かい」

と、盆を縁側に置いた。

「まあ、話は長いのさ」

言いながらお島は自分で急須から湯飲みに茶をそそぎ、ひと口湿らせてから話に入った。深刻な顔つきだ。

場所は明神下の金沢町《かなざわちょう》というから、孝兵衛店がある旅籠町ととなり合わせで、ほ

とんど一体の町だ。舞台はそこの長屋の住人で、政吉《まさきち》という大工の世帯らしい。

「そこに十五と十七になる娘さんがいてねえ。アキちゃんとナッちゃんていうんだけど」

「秋と夏かい」

「いえ、アキちゃんは秋だけど、妹は奈緒《なお》ちゃん。二人そろって金沢小町どころか明神下小町さね。母親のおフクさんとそろって、あたしの大事なお客さんでね」

市左が口を入れたのへ、お島は返した。得意先の話なら、又聞きのうわさなどではない。直接聞いたか相談を受けたか、確実な話といえる。

「で？」

鬼助はさきをうながした。一家心中など、小谷同心が言っていた〝悪質な話〟の臭いふんぷんではないか。

アキとナオは、今年の神田祭で親から着物と帯、簪《かんざし》、草履《ぞうり》など一式を新調してもらい、二日連続で踊り屋台に立ち、小町姉妹として評判をとった。父親の政吉も母親のおフクも、

「――二人で四十両もかけたんだ。娘もこれで玉の輿よ。すぐにでも声がかからあ」

「――できたら、順当に姉のアキのほうから」

などと、その艶《あで》やかさに宵宮のときから有頂天になっていた。

父親の政吉は通いの大工で腕もけっこうよく、月に二両から多いときには三両も稼ぐ。町場の長屋暮らしなら大きなケガか病気でもしないかぎり、喰いはぐれることはない。それにアキもナオも神田明神の境内の茶店で、通いの茶汲み女の仕事に出ている。政吉が二年分の稼ぎほどの借金をしても、毎月利息と元金の一部を払いながら十年もすれば返せないことはない。

母親のおフクは言っていた。

「——なあに、十年さね、十年。毎月二分《にぶ》ずつ払っていけばいいのだから、夢のような話さね」

「——そんな親切な金貸しがいたなんて、再来年の祭にはあたしも世話になろうかしらねえ」

と、近所の者も言っていたそうな。

四分が一両だから十年で六十両返すことになる。十年かけて毎月の分割だから法外な利息とはいえない。むしろ良心的な金貸しだ。それでも二分といえば、大工の七日分か八日分の稼ぎになる。家計にひびく。おフクさんが相当しっかりと切盛りしなければ、払いつづけられないだろう。だが、不可能ではない。

ところが、台覧の終わった十五日の夜、仁太夫の数右衛門が町の用心棒の任を離れ、孝兵衛店に戻って寝ようとしていた時分だったらしい。政吉は酔って喧嘩をし、足の骨と肋骨を二本折った。死なななかったが重傷だ。互いに酔っていたうえに祭の打ち上げの混雑するなかだったから、相手は分からない。治療費がかかるうえに、二月《ふたつき》は仕事に出られないだろう。

借りたのは先月で、さっそく今月から支払いが始まる。

祭が終わって数日後、借金取りが来た。返済は二分だ。祭で散財し、家計が底をついているところへ多額の治療費である。おフクは青くなり、娘たちも震え上がった。

証文に、

――一度でも滞れば、娘の身柄を引取り、働いて返済すべし

との一文があったのだ。

どこへ引取って、どこで働かせるかは証文に記《しる》していない。ともかくどこかへ連れて行かれるのだ。

おフクは町内を走り、なんとかかき集めて二分をつくり、返済した。だが、来月はどうなる。亭主の稼ぎはなく、治療代がかさむばかりだ。借りられるところはすべてまわっている。治療費も親戚中から借り、これ以上は困難だ。

借金取りは言ったという。

「――なあに、月々二分の支払いだ。そうみょうなところじゃねえ。いまおアキちゃんとナッちゃんが働いている茶店の縁台が、お座敷に変わるだけと思いなせえ。月々きちりと払えるようになれば、すぐに戻って来まさあ」

娘のアキとナオは、

「――お父つぁんがこうなったのでは仕方ない。あたしたち、お座敷に出てみようかしら」

などと言っているらしい。二人とも、茶店の縁台が〝お座敷に変わるだけ〟を、芸者のような仕事と思っているようだ。だが、分別のある者が考えれば、借金のカタに連れて行かれた娘がどのような目に遭うか想像に難《かた》くない。それに、すぐに戻れるといっても、一度〝お座敷〟に出れば、もう取り返しはつかないようなところかもしれない。

「――すまねえ、すまねえ」

言うばかりで、すっかり気弱になった政吉の横でおフクは途方に暮れ、

『――夜逃げ』

の語句が頭にながれたところへ、

「あたしが飛び込んだってわけさ。そこですぐ来てくれる見倒屋を知らないかと訊かれたのさ」

「で、俺たちのことを」

「そうさね」

市左の問いにお島は応《こた》え、湯飲みを手にひと息入れた。

臭う。下手《へた》をすれば、実際に一家心中も起きかねない。

「市どん、行ってみよう。背後にゃ許せねえやつらがいるかもしれねえ。酔っ払いの喧嘩ってのも怪しいぜ」

「えっ、怪しい？」

「そうよ。金沢町といやあ、ふわ、いや、松井の旦那のすぐ近くだ。旦那が祭で町の用心棒をしてなすったなら、なにか知っていることがあるかもしれねえ」

お島の前で、松井仁太夫の本名を話すわけにはいかない。

「なんだね、そのふわっていうのは」

「いや、まだふわっとしたような話だから、近くに住んでいなさる浪人の松井仁太夫さまに、借金取りについてなにか知っていなさらねえか訊こうってことさ」

「あゝ、あの高田馬場の堀部安兵衛さま。あのお方なら、なにか力になっていただけはお島なのだ。

お島は得心した表情になった。松井仁太夫の存在を、最初に鬼助たちに知らせたの

鬼助は腰を上げ、

「さあ、この時分だ。戸締りをして提灯も持って行こう」

そうな」

「がってん」

と、市左もつづき、お島も行李をかかえ持ち、

「あたしの割前、忘れないでおくれよねえ」

「あゝ、もし夜逃げになったらなあ」

返したのは鬼助だった。一家族の夜逃げだから、実入りは多いはずだ。だが脳裡に

は、小谷同心に合力するわけではないが、臭いの正体を見極めるほうが先決問題に思

えてきたのだ。

「兄イ、大八車はどうする。持って行くかい」

「女房のおフクさんとやら、今月の返済はすませているのだろう。ずらかるとすれば

来月だぜ」

「あ、そうか。そうなるなあ」

見倒しの仕事にはいつも市左が中心になるのだが、こたびは自然に、鬼助が主導していた。

二人とも職人姿で、鬼助は腰の背に木刀を差している。

筋違御門の火除地広場は、日の入りで人が引きはじめたところだった。

明神下の旅籠町には、まだまばらに人の往来がある。

孝兵衛店の路地に入った。

外は提灯に火を入れるほどではなかったが、屋内ではちょうど松井仁太夫の不破数右衛門が、油皿の灯芯に火を点けたところだった。

「松井さま」

と、腰高障子の外から声をかけると、

「おっ、その声は鬼助か」

「へえ」

障子戸を開けると、

「ほう、市左も一緒か。かような時分に二人そろってなに用じゃ」

訝《いぶか》しがる仁太夫の数右衛門に、

かに驚いたが、

「ちょいとお話が」

言うと、なぜか仁太夫の数右衛門は険しい顔つきになった。これには鬼助はいささか驚いたが、

「へえ、ちょいと金沢町の小町娘のことで」

言うと仁太夫の数右衛門はもとの表情に戻り、

「上がれ」

と、ひと間しかないすり切れ畳を手で示した。いつ来ても物のない殺風景な部屋だが、すり切れ畳とはいえ、おなじ部屋に鬼助が躊躇《ちゅうちょ》なく座をとるのは、数右衛門が浪人であることもさりながら、中間ではなく職人姿で来ているからだった。

「こんな時分にお邪魔したのは、ほかでもありやせんが……」

と、鬼助はお島から聞いた一件を話した。

数右衛門は、

「ほう。さすがは見倒屋だ。早耳じゃのう」

と、大工の政吉と女房のおフクも、娘のアキとナオもよく知っていた。それに、いま置かれている境遇も、

「政吉もおフクも、娘のためとはいえ、分不相応な見栄を張るからじゃ。それにして

もあの金貸し、背後になにがあるのか、正体は見せぬ。アキとナオを連れ去ろうとする手口も巧妙だ」

と、お島より詳しく知っていた。

さらに数右衛門は、

「まえにも話しただろう。この孝兵衛店でも、女衒に連れて行かれそうになった娘がいたことを。あれは実に単純な話で、金銭の授受もまだだったからその場で無事落着したがなあ、アキとナオの場合は、手が込んでおる。端《はな》から仕組まれたようで、政吉が酔っ払って喧嘩をしたというのも、祭の終わった夜は職人なら誰でも酔っ払うとみてのことで……」

と、鬼助とおなじ見方を示した。

「だったら不破さま」

と、孝兵衛店に来ていても、市左と三人だけのときは本名を呼んだ。

「助けなきゃならねえ。なんとかなりやせんか」

「なんとかといっても、金貸しは証文どおりにコトを運ぶだろうよ。政吉は治療代ですでに借金を重ねており、毎月二分となりゃあ、ますます借金を重ねるだろう。おまえたち見倒屋なら、夜逃げの相談にでも与《あず》かってやることだなあ。俺はほれ、このとおり貧乏所帯ゆえ、金銭のからんだことには手も足も出んわい」

と、数右衛門は殺風景な部屋の中を手で示した。いつの間にか外は暗くなり、部屋の中は灯芯一本の灯りのみとなっていた。

鬼助には意外だった。あまりにも冷たい。これで孝兵衛店の住人たちも近辺の者たちも、数右衛門をよく高田馬場の堀部安兵衛と間違えたものだと、なかばあほらしくなる思いになった。

「さようですかい」

と、鬼助も冷たく返し、

「おい、市どん。帰《けえ》ろうぜ。提灯に火だけそこの油皿からもらいねえ」

「へえ」

と、市左もそれに従った。

数右衛門は引きとめなかった。ただ、鬼助と市左が土間に下りて敷居を外へまたいだとき、みょうなことを言った。

「鬼助、それに市左も。おまえたちはお助け屋だ。達者でなあ」

鬼助と市左はふり返り、

「へえ」

と、ぴょこりと辞儀をしただけで、言葉の意味は深く考えなかった。

孝兵衛店の路地を出てから、

「なんでえ、いってえどうしたというのでえ」

「あっしも、わけが分からねえ」

と、二人は数右衛門に強い失望を感じていた。

足は筋違御門のほうへ向かった。

提灯の灯りに歩を進めながら、

「兄イ、政吉どんとかの長屋には寄らねえので？」

「なあに、今月分は返しているのだ。夜逃げするにしても、まだ切羽詰まっているわけでもねえ。それに、こんな時分に若え娘が二人もいる長屋へ押しかけられるかい」

「もっともで」

「算段は、お島さんにもうすこしようすを見てもらってからにしようじゃねえか」

「ま、そうしやしょう。それにしても不破の旦那、ありゃあいってえ……」

「俺にも分からねえ」

すぐ目の前に、筋違御門の石垣が黒く浮かんで見えてきた。

六

おなじころ、というより、お島がまだ縁側に腰を据え、鬼助と市左の二人にアキとナオの話をしているときだった。

両国米沢町の浪宅に、安兵衛の姿があった。他の者を道場に残し、一人で戻ったようだ。

「ならぬ！　断じてならぬぞ！」

「したが義父上《ちちうえ》、絶好の機会でございますぞ！　この機を逃してはっ」

と、さっきから口論になっていた。

「ここは安兵衛どの。弥兵衛の言うとおりに」

「義母上《ははうえ》までさようなことを申されますかっ」

と、和佳が口を入れたのへ安兵衛は反発し、

「あぁあ、もっとお声を低《ひく》うしてくだされ。外に聞こえますする」

と、幸は困惑していた。

まだ明るいうちに、安兵衛は弥兵衛から戻って来るようにと呼ばれたのだ。

弥兵衛はきょうになってから、安兵衛ら道場の七人に高田郡兵衛《たかだぐんべえ》と不破数右衛門を加えた九人で、白金の上杉家下屋敷から本所二ツ目の新邸に移ろうとしている吉良上野介の行列を襲い、御首《みしるし》を頂戴しようとしていることを察知したのだ。

当初の引っ越しの予定日の二日前、二日間の日延べになったことを吉良邸の裏門で加瀬充之介から聞き出し、弥兵衛に伝えたのは鬼助だった。道場の安兵衛たちには、その日、市左が伝えている。

それで、もしやと思った弥兵衛はきのうになってからふらりと道場を訪ね、そのとき安兵衛も毛利小平太や小山田庄左衛門ら道場の者たちが弥兵衛を煙たがるようすから、さてはと察知し、本来の予定日だったきょう、人をやって安兵衛を呼んだのだ。問い質《ただ》すと、案の定だった。

「馬鹿者！」

弥兵衛は一喝した。安兵衛を婿養子として堀部家に迎えてから七年、弥兵衛が安兵衛を叱ったのはこれが初めてである。しかも罵倒であった。

「何故《なにゆえ》！」

安兵衛はひるまなかった。

「吉良が外にあるときこそ、千載一遇の好機ではありませぬか。この機を逃しては、次回、いつ機会を得られるか分かりませぬぞ！」

「さよう。好機に見える。だからじゃ。敵も相応の備えはしていよう。そこに飛び込むのは匹夫《ひっぷ》の勇。愚挙じゃ」

この説得は安兵衛には効かない。自身は七年前の高田馬場で実戦の経験があり、自信もある。加えて槍術の達人である高田郡兵衛、剣術の達人の不破数右衛門がおり、鈴田重八、横川勘平、毛利小平太ら他の者も意気軒昂《いきけんこう》でそれなりの腕はある。行列の横合いから不意に襲えば、あるいは可能かもしれない。

弥兵衛は言った。

「われら浪士の総帥《そうすい》である大石どのの立場はどうなる。江戸で大石どのの出座を待っておる、殿の近習であった片岡源五右衛門《かたおかげんごえもん》や礒貝十郎左衛門《いそがいじゅうろうざえもん》、そのほか諸々《もろもろ》の同志らの顔に泥を塗る気かっ、安兵衛！　仇討ちは志ある者すべてがそろってこそ意義あるものぞっ。浪士のなかに抜け駆けの功名を狙った者がいたとあっては、われら浅野家臣団の末代までの恥！」

「うっ」

と、これには安兵衛といえど反論できなかった。

神田明神下の孝兵衛店で、鬼助と市左が憮然《ぶぜん》と松井仁太夫の不破数右衛門の部屋を出たころになろうか、両国米沢町でも安兵衛が提灯を手に、おなじような表情で浪宅をあとにしていた。

その二日後の午前である。

安兵衛の姿はふたたび米沢町の浪宅にあった。三十過ぎというのに、少年のふてくされたようなようすで、幸も持て余したように、

「おまえさま、落ち着きなされ」

と、たしなめるように言っていた。

弥兵衛が、

「――ともかくじゃ、きょう半日、浪宅でじっとしておれ。心配でならんわい」

と、呼び寄せていたのだ。

吉良上野介の行列が日本橋を通った。引っ越しは、加瀬充之介が鬼助たちに言ったとおり、きょう午前中だった。

四枚肩《しまいかた》の権門駕籠の屋根に、五三桐《ごさんのきり》が描かれている。吉良家の家紋だ。それが二台、一台は養嗣子《ようしし》の義周《よしちか》であろう。いずれの駕籠が上野介か分からない。そこからして、すでに防御の態勢である。袴《はかま》の股立《ももだち》をとった警護の武士がおよそ六十人、駕籠の

左右と前後に均等に配置され、いずれも緊張の面持ちで打込む隙がない。

挟箱《はさみばこ》持ちの中間《ちゅうげん》も二十人ほど随《したが》っているが、これらは中間ではなく足軽《あしがる》のようだ。木刀ではなく脇差を帯びている。駕籠舁きも非戦闘員の中間ではなく、イザというときには戦闘集団となる足軽かもしれない。

これだけの行列に、腰元が一人もいない。鉄砲隊や弓勢《ゆんぜい》こそいないものの、明らかに戦う集団である。女乗物のないのは、奥方の富子《とみこ》が実家である上杉家下屋敷にまだとどまっているからであろう。

これだけの武士団と足軽衆を、長袖《ちょうしゅう》（公家《くげ》）とあまり変わりのない高家《こうけ》の吉良家がそろえられるはずがない。多くは上杉家の家士であろう。上杉家当代の綱憲《つなのり》が上野介の実子で、吉良家から上杉家へ養嗣子に入り、その孫の義周を吉良家の養嗣子に迎えたというほど強いつながりがあれば、それもうなずけよう。大石内蔵助《おおいしくらのすけ》や堀部弥兵衛らが、最も警戒しているところである。

その隙のない行列を鬼助と市左が見たなら、先頭のほうに家老の左右田孫兵衛がおり、駕籠の近くには山吉新八郎が歩をとり、さらに加瀬充之介の顔もあるのを見いだすだろう。

往来人を左右へ散らすように進むその行列を、日本橋付近では横川勘平が、両国広小路では人混みのなかから高田郡兵衛と毛利小平太が、凝《じ》っと見つめていた。だが、飛び出す風情ではない。敵情拝見といったところだろうか。安兵衛はすぐ近くの浪宅に留め置かれている。


その行列が白金の上杉家下屋敷出たころ、まだ朝のうちである。

「いるかーっ」

と、伝馬町の棲家に、玄関口から大きな声が入れられた。

声ですぐ誰だか分かった。

きょうも町のうわさを拾いに出かけようかと、鬼助と市左は職人姿をととのえたところだった。

顔を見合わせた。声の主は、明らかに松井仁太夫の不破数右衛門だ。玄関の板敷きに出たものの、

「これは不破さま。なにか用でもございますのか」

「わっはっは。用があるから来たのだ」

と、歓迎しているようすでもない鬼助に、数右衛門はおかまいなく敷居をまたぎ、土間に立った。

鬼助に市左もつづき、

「これは孝兵衛店の旦那、またなに用で」

と、おなじような態度をとる。

二日前の夜、帰りの提灯の灯りのなかに、

「――あの旦那、まったく見損《みそこ》なったぜ」

「――失礼ながら、あっしもでさあ」

などと二人は話し、うなずき合っていたのだ。

金沢町のアキとナオの件は、お島さんが知らせてくれるだろう、

「――変化があれば、お島さんが知らせてくれるだろう」

と、この二日間、手をつけていない。

数右衛門は廊下のほうまでぐるりと見まわし、

「きょうほかでもない。アキとナオに直接会《お》うてのう、その話で来たのだ。邪魔するぞ。部屋に案内せい。男所帯じゃろ、茶など出さずともよいから」

「えっ」

鬼助たちが驚いたときには、数右衛門はもう板敷きに上がっていた。

「ささ、こちらでございます」

鬼助は呑まれたように、玄関につながる縁側から奥の居間に案内した。九尺二間の長屋住まいで百日髷の数右衛門では、むさ苦しい部屋も心置きなく招じ入れられる。市左はそのまま台所に入り、お茶の用意にかかった。朝めしに沸かした湯が、まだ冷めていない。すぐ盆に載せて出てきた。

「このまえは、冷たくあしらったものだから、不審に思うただろう」

「へ、へえ」

向かい合って胡坐《あぐら》を組んだ鬼助と市左は、同時にうなずきを返した。

「実はのう、他のことに関わってはおれぬ、よんどころない用事がありそうじゃったので、つい、ああいうふうに言ってしもうた。じゃがな、それがちと遠のいたゆえ、金沢町の長屋に大工の政吉を訪《たず》ねたのじゃ」

「あっ」

数右衛門の言葉に、思わず鬼助は声を上げた。きょうは加瀬充之介の言っていた、吉良上野介が本所二ツ目の新邸に入る日ではないか。数右衛門がそれを〝好機〟と言ったのを、鬼助は慥《しか》と覚えている。だからあの日の帰り、米沢町の浪宅によって弥兵衛に話したのだ。また、それを三ツ目の道場に伝えたのは市左である。市左もそこに気づいた表情になった。

だが鬼助は、浪士らの存念に側面より合力はしても、立ち入るべきではないと心得ている。数右衛門の言う〝よんどころない用事〟には触れず、

「で？」

と、さきをうながした。

数右衛門も話すのにまわり道はせず、

「聞けば祭の幾月かまえに、金貸しのほうから政吉に近づき、祭の終わった夜、大工仲間と飲んでの帰りたまたま一人になったところを襲われたというのだ」

「つまり、なにからなにまで仕組まれたってことで？」

鬼助はひと膝まえに乗り出し、

「臭いやすぜ」

と、市左もうなずきを入れた。

数右衛門はつづけた。

「思ったとおりじゃった。この分じゃ、政吉のケガが癒《い》えて月二分の返済ができるようになっても、またいかな災難を仕組まれるか分からぬ。つまり、借金を重ねなきゃならんようなことをな。そしてつまるところ、アキとナオがお座敷とやらに出なきゃならぬ環境を無理やりつくられてしまうということだ」

「許せねえ！　だれ、誰なんですかい、そんな仕掛けをしてやがるやつは」

つい大きな声を入れたのは市左だった。

「分からぬ」

「で、あっしらに何をしろと？」

鬼助は応えを予測し、数右衛門の顔をのぞき込んだ。

期待どおりの応えが返ってきた。

「探ってみぬか。この世の悪人退治だ。そやつらを叩きつぶす。おもしろいぞ」

「やりやす。やりやすぜ、旦那」

と、また市左。

「つまりだ、これには政吉からもっと詳しく訊き出し、喧嘩をふっかけた野郎たちを割り出さねばならぬ。そんな岡っ引のようなことは、俺には無理だ。おまえたち見倒屋なら、政吉に付添い、それができるかもしれない。アキとナオはただおろおろし、憔悴《しょうすい》して容貌《きりよう》も台無しで可哀相なほどよ。二人とも、せっかくの親心を満身に受けての祭だったというのになあ」

「やりやすぜ」

と、鬼助。

「ふむ。わしの手が必要なときはいつでも言え。となり町のこととはいえ、町の用心棒を務めていた身として、どうも寝覚めが悪い。それに、ちょいと手の空いたところでなあ、世のために立っておくのも一興かと思うてのう」

鬼助には数右衛門の言葉にハッとするものがあった。〝手の空いたところで〟につづけ、世のために〝立ちたい〟ではなく、〝立っておく〟と言った。

（存念のために死ぬ気）

思えたのだ。

市左はそこまでは思い至らなかったか、

「旦那、やりやしょう。やくざ者の十人、二十人も相手にしなきゃならなくなったときにゃあ、お願えいたしやすぜ」

「ふふふ。そんなこと……できるぞ」

数右衛門が言ったのへ、鬼助はぎこちなく顔をほころばせた。

数右衛門の帰ったあと、

「よし」

鬼助と市左は、二日前のときとは正反対のうなずきを交わした。

この日の午後、奈美が米沢町の浪宅に呼ばれていた。奈美は上屋敷の奥女中だったから、弥兵衛や和佳ともおなじ畳の上に座しても違和感はない。ただ、幸が茶を淹れるのには毎回ながら恐縮する。そのなかに対座する弥兵衛が、

「実はのう」

と、真剣な表情で話した内容に奈美は仰天した。和佳も幸も同席している。

安兵衛らが引っ越し途中の上野介を、襲おうとしていた件である。

「さようなことを！」

と、奈美が絶句したのは、それだけではなかった。

弥兵衛に問い詰められ、安兵衛が白状というか語ったところによれば、一同が集結する場所が奈美のいる磯幸で、策は行列が日本橋を渡り磯幸の前にさしかかったときに飛び出して駕籠を襲うというものであった。

奈美は安兵衛からなにも相談を受けていなかった。磯幸なら、不意に押しかけ人数が集まっても、役人に通報されないばかりか合力を得られると算段したのだろう。

これが実行に移されていたなら、奈美も女将も番所に引かれ、磯幸にいかなる災禍が及んだかしれない。

「さいわい鬼助の知らせで、事前に押しとどめることができたは重畳《ちょうじょう》じゃった」

弥兵衛は言うが、奈美は震えがとまらなかった。きょう午前、磯幸の前を通るその行列を見ている。とうてい成功したとは思えないのだ。

「それできょう、そなたを呼んだはほかでもない」

と、弥兵衛はつづけた。向後とも安兵衛らにみょうな動きが見えたなら、すぐ知らせよということと、

「戸田にこのことは話すな。瑤泉院さまのお耳に入れば、お心を悩ませまいらせることになるばかりじゃからのう」

奈美は大きくうなずいた。

さらに、

「こたびの件で、鬼助の手柄は大きい。鬼助にはそなたから伝えよ。わしが礼を言うておったと、な」

「はい」

奈美の肩は、まだかすかに震えていた。

帰り、玄関に見送った和佳の言葉で、ようやく震えがとまった。

「そなたにも、苦労をかけまするなあ。したが、決して無理はせぬようにな」

「もったいのうございます」

奈美は深く辞儀をし、両国広小路で町駕籠を拾った。

行き先は伝馬町の百軒長屋だ。

「えっ、あのようなところへですかい」

と、駕籠舁きは怪訝な表情になった。奈美は矢羽模様の着物で、武家屋敷の腰元姿である。

陽が西の空に大きくかたむいている。鬼助と市左は数右衛門を見送ったあと、うさ集めに出て帰ったばかりだった。

奈美は居間に上がった。午前中の数右衛門にはこの場が似合っていたが、奈美が端座すればまさしく掃き溜めに鶴である。鬼助も市左も座をくずしにくく、端座の姿勢をとっている。

奈美の話を聞き、二人とも予測していたこととはいえ、直《じか》に聞けばやはり驚き、

「やっぱり、そうでしたかい」

「なあるほど」

と、あらためて数右衛門の言葉を解した。

二人のうなずきに小首をかしげる奈美に、鬼助はきょう朝のうち数右衛門が来て、〝よんどころない用事が遠のいた〟ため、ともに合力し、町場の姉妹二人を悪徳女衒

らしき手から助けようとしていることを話した。奈美は真剣な表情で聞き、さらににこりと微笑《ほほえ》み、

「きっと、救ってあげてくださいね」

言うとふたたび真剣な顔になった。奈美は数右衛門と面識はないが、うわさには聞いている人物である。

浅野家改易のあと、元足軽の娘が悪徳女衒の罠《わな》にはまり、内藤新宿《ないとうしんじゅく》の女郎屋に売り飛ばされようとしたのを、奈美も鬼助に合力し、寸前に救ったことがあるのだ。

「むろんでさあ。悪の根源を突きとめ、きっと護ってみせまさあ」

鬼助が言ったのへ、奈美はうなずきを返した。

三　夜逃げ待った

一

神無月《かんなづき》（十月）に入ってすぐだった。

腰切半纏を三尺帯で決めた鬼助と市左の姿が、神田明神下の金沢町にあった。

お島が、

「――なんとかできないもんかねえ。アキちゃんにナオちゃん、茶店の仕事には出てるんだけど憔悴しきって、あれじゃ夜逃げしたって死んじまうよ」

大げさな表現で言ったのだ。

「――ここの百軒長屋と違って、二部屋付の長屋さ。場所は……」

と、お島は説明した。

聞いたとおり、金沢町の枝道を入ってすぐの路地で、なるほど年ごろの娘が二人もいるのでは、九尺二間の一部屋では狭いだろう。

亭主の政吉はなにしろ、右腕に肋骨二本も折られているのだ。それだけではなかった。右足の骨にもヒビが入っていたことが、医者の診断で分かった。当然ながらまだ寝込んだままで、女房のおフクがつきっきりになっている。それが、長屋の腰高障子を開ければすぐの部屋だった。奥にもう一部屋あるが、年ごろの娘たちを、土間に入ればそこの障子もない部屋に置くことはできないのだろう。いまは奥の部屋に二人の気配は感じられない。お島が言ったように、茶店の仕事に出ているのだろう。

「小間物屋のお島さんからお聞きのことと存じやすが」

市左が口上《こうじょう》を述べると、政吉の枕元に座っていたおフクが、

「あゝ、おまえさま方ですか。いろいろ相談に乗ってくれる見倒屋さんというのは」

話は通じているようだった。

掻巻《かいまき》からも、

「もう来なすったかい」

声が聞こえた。

見ると、横臥《おうが》し首だけ土間のほうに向けている。顔にも頭から包帯が巻かれ、傷は

骨折だけではなく、相当痛めつけられたようだ。右腕は添え木をあてられ胸の上に固定され、右足と胴体も同様に固定され、見るからに痛々しく、身動きがとれないようだ。

ひと目で、もとどおりの体に治してもらうには、

（相当かかりそうな）

ことが感じられる。下手をすれば、もとの体に戻らないかもしれない。その不安のなかに一家は暮らしていることになる。その上に、十年で六十両を返済しなければならない宿命が覆いかぶさっているのだ。

「こんな体じゃ、夜逃げしたくてもできねえ」

声は政吉で、大工職人とは思えぬ泣きを入れるような口調だった。

「おまえさん、なにもいま夜逃げしようというんじゃないよ。お島さんの口利きで、そこをうまく相談に乗ってくれる人たちだよ、このお人らは」

おフクが政吉を慰めるように言う。お島は鬼助と市左を、ほんとうにお助け屋のように話したようだ。

「そのとおりでさあ。あっしらはむやみに物《ぶつ》の買い叩きをしようってんじゃありやせん。お助け屋でございまさあ」

「そう。話によっちゃ、夜逃げなんざしなくてすむようになるかもしれやせん」

市左の言ったのへ鬼助がつないだ。

政吉の容体をひと目見るなり鬼助は、

(こりゃあ素人《しろうと》の喧嘩じゃねえ。殺さず重傷にする)

玄人《くろうと》筋の仕事と判断したのだ。

つまり、

(端《はな》から仕組まれたこと)

ほぼ断定できる。そこに、

(許せねえ)

思いが込み上げたのである。

「えっ」

「ううっ」

おフクが驚いたような声を出し、政吉のうめきが重なった。

鬼助はつづけた。

「祭のときは旅籠町の松井さまが、町の用心棒をしていなすった。だから町で起こったおまえさんの遭難を気にしなすってねえ。話してくれねえか、酔っ払いと喧嘩をしたってえ経緯《いきさつ》をさ」

「えっ、孝兵衛店の旦那が。おまえさまがた、あの安兵衛旦那と知り合いなので？」

おフクが驚いたように言ったのへ、

「へへ、さようで。安兵衛旦那かどうかは知らねえが、ご浪人の松井仁太夫さまとは昵懇《じっこん》でさあ」

市左が返した。

これまでおフクも政吉も、松井仁太夫が町の用心棒といっても旅籠町であり、迷惑はかけられないと遠慮していたのだ。

「ううう、あの旦那に」

「それなら、おまえさん。さっそく呼んで来るよ。あんたがた、鬼助さんに市左さんでしたねえ」

政吉がうめいたのへおフクは応《こた》え、三和土《たたき》に飛び下りた。堀部安兵衛の松井仁太夫に頼りたい気持ちと同時に、お島の引き合わせながら、訪ねて来た見倒屋がほんとうに高田馬場の安兵衛こと仁太夫の知り人なのか、確かめたい気持ちもあるだろう。なにしろいまは、打ちひしがれているときなのだ。

「呼んで来なせえ。松井さまも入ってくださりゃあ、話も進めやすくなりまさあ」

市左が、飛び出すおフクの背に声を投げた。

すぐにおフクの下駄の音が遠ざかり、

「それにしても政吉さん、非道《ひで》え目に遭いなすったねえ」

「相手はいってえ、どこのどいつなんですかい」

と、鬼助と市左はすり切れ畳に腰を下ろし、横臥する政吉のほうへ身をよじった。

骨折というものは、数刻後に痛みと熱が出る。腕に足に肋骨となれば、その苦しみは死ぬほどのもので、痛み止めや熱さましの薬湯をがぶ飲みしても収まらなかったことだろう。

「まったく非道え目に遭いやした。しかも、こんなときに、ううぅっ」

遭難よりすでに半月あまりを経ているので、話は一応できるまでに回復しているものの、痛みはまだ残っているようだ。

「あゝ。そのまま、そのまま」

「じっとしていなせえ」

鬼助と市左は手を差しのべ、いたわるように言った。まだ予測の範囲だが、ここまで仕組んだ奴ばらに、政吉とは初対面とはいえ怒りの念がいっそう込み上げてくる。だが政吉は〝こんなときに〟といい、おフクも金貸しへの恨み言《ごと》は口にしない。二人とも、これが仕組まれたものかもしれないことに、まだ気がついていないようだ。いまそれを政吉に話せば、憤激のあまり起き出し、

（傷に障《さわ》る）

鬼助は判断し、

「市どん。詳しくは松井さまが来なすってからにしよう。それにしても、まだ痛みやすかい」

市左に言ってから、横臥する政吉にまた視線を向けた。

「痛みよりも、動けねえのが辛《つろ》うて」

「分かるぜ、政吉さん。おめえさんをこんな目に遭わせた奴ばら、あっしらが放《ほう》っておきやせんぜ」

市左が言ったのへ、鬼助はまた、

「だから、それは松井さまが来なすってから。心得のある者が傷を看《み》りゃあ、対手《あいて》がいかほどの者か見当がつくもんだぜ」

「相手は一人じゃねえ。二人か、三人か、もっといたか……なにぶん酔っていたもんで、気がついたらこのありさまで。くそーっ、ううう っ」

政吉がまた上体を起こそうとし、

「おっと。そのまま、そのままで」

市左は肩を押さえるように手を伸べ、ようやく政吉に感情を高ぶらせるのが禁物であることを覚った。

二

腰高障子の外に足音が聞こえた。下駄に草履の音が重なっている。松井仁太夫の不破数右衛門が来たようだ。

仁太夫の数右衛門が外から腰高障子を開けるなり、

「ようやく来たか。いつ来るかと待っておったのだぞ」

「さあ、どうぞお上がりくださいまし」

二人に声をかけながら三和土に立ち、一緒に戻って来たおフクがすり切れ畳に上がり、上へ差し招いた。

鬼助と市左の脳裡には瞬時、堀部安兵衛と松井仁太夫と不破数右衛門が混在し、顔を見合わせ、

(松井さまでいこう)

（ふむ）

と、うなずきを交わした。

松井仁太夫はすり切れ畳に上がると政吉の枕元に座し、

「すまぬのう。あの日、俺の目がとどかなかったばかりに……」

「いいえ、さようなこと。面目ねえのはあっしのほうで」

「もう痛みも熱もやわらいだと思うが」

と、もう幾度か見舞いに来ている話し方だ。鬼助と市左はまだ腰をすり切れ畳に落としただけで、上体を中のほうへねじっている。

やはり相手が浪人でも武士であれば、政吉の口調は変わる。

「へえ、おかげさまで。ひところにくらべりゃ、かなり楽になりやした」

「もう夜中にうめくこともなくなりましてねえ」

おフクがつないだ。

「このあたりでそろそろ訊きたいのだが、まあ、悔しがらずに聞け」

仁太夫は、風貌に似合わずおだやかな口調で言った。精神的にも刺激を与えてはならないことを、心得ている。

「あゝ。この者たちなら俺の知り人でなあ。仕事はほれ、知っておるだろう」

「見倒屋さんで」

おフクが返し、鬼助と市左に顔を向けた。当人たちの言ったとおり、松井仁太夫と知り合いだったので、安心した顔つきになっている。

仁太夫は、

「だから商売柄、あちこちに聞き込みを入れ、探り出したりするのは得意でのう」

と、政吉とおフクに対してよりも、そうしろとの意味であろう、言いながら二人のほうへちらと目を向けた。

「へえ」

「そりゃあもう」

鬼助と市左は同時に応えた。実際、政吉のようすを見てから、二人ともますますその気になっている。

「そこでだ。そのときのようすだが……」

「へえ、なにぶん酔ってたもんで。でやすが……」

と、仁太夫がゆるりと問いかけたのへ、政吉は語りはじめた。

時間にすれば、町々の木戸が閉まるにはまだ間のある五ツ半（およそ午後九時）時分だったという。旅籠町や金沢町、同朋町などのならぶ神田明神下の通りで、仲間の

大工たちとしこたま飲み、

「ひとり千鳥足で、金沢町の枝道に入ったのでございまさあ」

この時分になると、おもての通りはまだまばらに人は歩いているが、枝道に入ると通るのは住人だけで、ほとんど人影はなくなっている。だが、祭礼の提灯は各軒端《のきば》に吊るされたままである。普段のように暗くはない。

枝道に数歩、ふらつきながら入ったときだった。

うしろから不意に体ごとぶつかってきた者がいた。

「——誰でえっ」

政吉は前のめりになりながら喚《わめ》いたところへ、木刀が……。

「うう、ううう」

「落ち着け。木刀だったのだな」

「へえ。確かに、見やした。それも、脇差寸法じゃなく、大刀仕立ての長いやつで。そう、そうでやした。胸に激痛が走り、うーん、くそーっ。あとは覚えていねえ。気がついたら寝かされていて、この始末でさあ」

「そうなんですよ。政吉が外で倒れてるって近所の人が知らせてくれて。駈けつけたら、ほんとうにうちの人じゃありませんか。それで長屋の人に手伝ってもらい、ここまで運んだんですよう」

　おフクが言う。

「そのとき、対手《あいて》はなにか言ったか」

「いえ、なにも。ただ、突然でやしたので」

　と、政吉が見たのは、木刀だけだったようだ。

「なるほど」

　仁太夫はうなずいた。

　鬼助もうなずきを見せた。職人姿ながら、鬼助が腰の背に差している木刀は脇差寸法であり、一撃で対手の骨を砕いても、短くて反動がつけにくいためつづけざまにおなじ打込みをするのは難しい。だが、大刀仕立てなら、勢いも反動もつけられるため、つづけざまに三箇所を打っても、すべて最初の一撃に近い打撃を与えることができる。ただし、手練《てだれ》の者が打込んだ場合である。それでも、足はヒビだけだった。おそらく、そこが最後の打込みだったのだろう。

　大刀仕立ての木刀——

（武士だな）

　仁太夫と鬼助は直感した。

それに、真剣で峰打ちにしなかったのは、間違って殺してしまわぬための用心だったとすれば、やはり、

（政吉を狙った犯行）

仁太夫と鬼助はうなずきを交わした。

「どこの金貸しに借りたのだ。その、十年も待ってくれるという、親切な金貸しは」

「はい。赤坂《あかさか》の質屋さんで、鳴海屋《なるみや》というお店《たな》でございます」

おフクが応えた。さらに、

「こちらから行くまでもなく、番頭さんがここへ幾度も足を運んでくださり、それはもう親切な質屋さんで、これから毎月の支払いを考えると、もう番頭の唐八《とうはち》さんにすまなくって。とどこおらせたりすれば、お店での番頭さんのお立場もなくなりましょうに」

と、おフクはまだ相手を、親切な金貸しと信じているようだ。政吉も、それを否定しようとしない。

ここまで聞けば充分だ。政吉の怒りは直接襲ってきた奴ばらに向けられており、しかも最初の一撃で気を失ったようだから、これ以上なにも聞き出せないだろう。

「鬼助、市左、政吉の体に障《さわ》っちゃいけねえ。長居は無用だ。帰るぞ」

「へえ」

仁太夫は腰を上げ、鬼助と市左もそれにつづいた。

「うう、くそーっ。あいつら、きっと見つけ出してくだせえ」

「任しときねえ。俺たちゃお助け屋だからよう」

搔巻の中に横臥したまま言う政吉に、三和土《たたき》から返したのは市左だった。

外に出た。

「松井さま」

「ふむ。寄っていけ」

まだ話したそうに言った鬼助に仁太夫は応じ、旅籠町のほうへ歩をとった。

すぐ近くだ。

孝兵衛店の松井仁太夫の部屋である。三人が鼎座《ていざ》に胡坐《あぐら》を組んでいる。

鬼助がまず、

「不破さま、いえ松井……」

この顔ぶれになれば、つい本名が出てしまう。

「どっちでもいいぞ。〝堀部安兵衛〟はちと困るがのう、わっはっは」

「へえ。ならば、明神下に来ているときは、松井仁太夫さまで通させていただきやす。

市どんも、な」

「へえ、そのように」

と、あらためて市左も応じたなかに、三人は一連の出来事が仕組まれたものであるのが濃厚なことと、ぶつけたのは町人の与太であっても、木刀は武士でかなりの手練《てだれ》であることを確認しあった。

さらに鬼助は言った。

「実はあっしら、見倒屋という商売柄、盗品をつかまされたりしねえよう日ごろから気をつけているのですが、まあ、そういうことで、八丁堀のお人らともつき合いがありますのでさあ」

「ふむ、なるほど」

仁太夫は真剣な顔つきで返した。

鬼助はつづけた。

「相手は質屋といいますから、かねて八丁堀の旦那衆も目をつけているやもしれやせん。ここはひとつ、その八丁堀にあたってみてえのですが。そこで、鳴海屋が怪しいとなれば奉行所は動き、八丁堀が手証《てしょう》を得るためにこの明神下にも来ることになりやしょう。そのときにはあっしらが露払《つゆはら》いの役をして、旦那にも松井仁太夫さまとして引き合わせることになるやもしれやせん。よろしいですかい」

「えっ、兄イ」

と、これには市左が驚いたようだ。

だが仁太夫の数右衛門は、

「奉行所の役人を動かすとはおもしろい。こいつは効率のいい探索ができるかもしれぬぞ。俺も八丁堀に会いたいものよ。神田祭のときにも奉行所の同心が幾人か、この界隈をちょろちょろしておったでのう」

「さようですかい。あっしらとつなぎの取れる八丁堀も、そのなかにいたかもしれやせんねえ。それじゃあさっそく」

「ふむ。裁きとなれば、われらの手に負えぬでのう」

「もっともで。さあ」

仁太夫が言ったのへ鬼助は返し、急ぐように市左をうながした。

明神下も、荷馬や大八車の動きも行き交う人も、まったく日常に戻っている。

筋違御門にさしかかった。明神下を離れた気分になる。

「兄イ、なんだって不破じゃねえ、松井の旦那の前《めえ》で八丁堀の話など出すんでえ。小谷の旦那は、町のうわさから、松井の旦那が堀部安兵衛さまかもしれねえと目串《めぐし》を刺していたんだぜ」

「あははは、だからだ。元堀部家の中間《ちゅうげん》が、あの旦那を松井仁太夫さまとして引き合わせる。これほど町のうわさを打ち消すことになるものはあるめえ。それに、不破数右衛門さまでもねえ」

「あっ、そういうことで」

市左は鬼助の深慮《しんりょ》に気づいたようだ。

二人の足は、火除地広場の人混みに入った。

「それだけじゃねえぜ。小谷の旦那は、もうとっくに赤坂の鳴海屋とやらに目串を刺していなさるかもしれねえ」

「なるほど、松井の旦那も〝効率のいい〟と、言ってなすった。兄イ」

と、市左は足を速め、鬼助もそれに合わせた。この日、まだ午前《ひるまえ》だった。

三

陽はまだ沈んでいないが、西の空に大きくかたむいている。

江戸城外濠《そとぼり》の数寄屋橋《すきやばし》御門を出て西へ三丁（およそ三百米《メートル》）ばかり進めば、南北になる。

に走る東海道とぶつかる。その角に和泉屋《いずみ》という茶店があり、京橋と新橋のなかほど

茶店にしては大振りな構えで、茶菓子の串団子や煎餅《せんべい》だけでなく、そばも出している。道行く者がちょいと休めるように軒端《のきば》にも縁台を出しているが、暖簾《のれん》を入るとそこにも毛氈《もうせん》を敷いた縁台がならび、奥につづく通路を進めば、襖《ふすま》ではなく座敷とはいいがたいが、板戸で仕切った部屋がならんでいる。上がり框《かまち》があるが部屋の中は板敷きで、藺《い》で編んだ薄べりが数枚置いてある。

南町奉行所の役人が八丁堀から行き帰りする道筋でもあり、鬼助と市左が小谷同心と膝詰《ひざづめ》をするとき、いつも使っている茶店である。さきほど南町奉行所に同心の小谷健一郎を訪ねると、やはり取り次いだ門番が、和泉屋で待てとの伝言を持って門に戻って来た。

和泉屋で小谷同心の名を告げると、店のおやじも心得たもので一番奥の部屋を用意し、手前の部屋は空き部屋にした。盗み聞きを防ぐためで、小谷はいつもそうさせているのだ。ここで待つときは、なにを取ってもいいということになっているが、大の大人が煎餅や串団子ではたかが知れている。それでもそばもあるので一応の腹ごしらえにはなる。

そばの碗も団子の皿もカラになったころ、

「さっきからお待ちです」

と、通路のほうから茶汲み女の声が聞こえ、

「待たせたなあ」

長身の小谷同心が、自分で板戸を開けて入って来た。背後には小柄な千太が随《したが》っている。

小谷健一郎には町方らしく、伝馬町の棲家を訪れては縁側に腰を下ろして話していくなど、格式張ったところがない。

「ちょいと書き物の整理に戸惑ってなあ」

と、部屋の隅の薄べりを自分でつかんで鬼助たちの前にばさりと置き、腰を胡坐《あぐら》に落とすなり、

「おめえらのほうから来るとは、神田祭の後始末でなにか動きがあったな。そろそろおもてに出るころじゃでのう。さあ、話せ。借金が返せずに家を取られたり、娘か女房を連れて行かれたり、どの類《たぐい》だ」

冗談で言っているのではない。真剣な表情だ。

証文があれば奉行所とて手が出せない。取立て側に強引さがあっても公事《くじ》（訴訟）

にはならない。借りた側に圧倒的な弱みがあり、訴え出ることができないのだ。夜逃げなどすれば、それが犯罪行為となる。祭のあとにはそうした事件が増える。それをつかみ、悪徳業者に目串《めぐし》を刺しておくのだ。金融犯罪など、そうした金貸しがよく起こすものだ。いわば後日のための、悪徳業者一覧を作成するためである。同心にとっては即刻の手柄にはならない、地味な仕事だ。

小谷同心は、その夜逃げの手助けをする見倒屋に目串を刺し、隠れ岡っ引にまでしているのだ。

「旦那、赤坂の鳴海屋という質屋を知っていなさるかい」

鬼助は切り出した。

「ん？　赤坂の鳴海屋。ふむ、話せ」

小谷はいっそう真剣な顔になり、ななめうしろに座を取っている千太も、鬼助の口から〝赤坂の鳴海屋〟の名が出たとき、

「えっ」

と、反応を示した。知っているようだ。

話を聞き終わり、小谷は言った。

「四十両を借り、十年かけて六十両を毎月分割して返していけばよいとは、夢のよう

な話だなあ。誰でも飛びつきたくならあ。その夢物語で、一月《ひとつき》でもとどこおらせば、娘二人が働いて返すというのは……、これはまあよくある話だが、借り手の政吉が襲われたというのは臭うぞ。端《はな》からそのように仕組んだ……」

「と、感じられやしょう」

　相槌を入れたのは市左だった。

　後日のためなどというより、即、事件になりそうだ。

「よし、徹底して探るぞ。いいな、鬼助、市左」

「むろん、そのつもりで話したのでさあ」

「がってんでさあ」

　小谷が意のあるところを示したのへ、鬼助と市左は同時に応じた。

　こんどは小谷が、

「実は、赤坂の鳴海屋だがなあ……」

　と、話す番だった。

　江戸の質屋は総登録制で質屋仲間の会所に登録し、作法定書《さほうさだめがき》によって、金利も質草を流してよい期限も定められている。四十両で十年、返済総額が六十両というのはまったく定書の範囲内で、しかもきわめて良心的である。

ただし、借り手は質草とともに請人《うけにん》を一人立てなければならない。これは厳格に守られた。これによって質屋が盗品をつかまされ、窩主買《けいずがい》（故買《こばい》）になるのを防ぐ手立てとしている。

ところが鳴海屋は、

「定質《じょうびち》じゃねえ。脇質《わきびち》だ」

「えっ、やっぱり」

返したのは市左だった。

「なんですかい、その脇質ってのは」

「ははは、市よ。教えてやれ。見倒屋には知っておかなきゃならねえイロハだ」

鬼助が訊いたのへ、小谷は言った。

鬼助は武家社会での中間暮らしから市井《しせい》に飛び出し、世の裏を知りはじめてまだ半年だ。どの質屋の看板も大きな将棋の駒の形をしており、それが〝入ると金になる〟との謎かけであることなどには、

（ほう、おもしろい）

と、その洒落《しゃれ》っ気に感心していた。将棋で王将と金将を除き、他の六種は敵陣に入ると裏返って金になることにかけたものだ。会所に登録した質屋には、会所からその

看板が支給され、そこに屋号を書き込むことになる。これを定質といった。

鬼助の認識している質屋とは、その将棋駒の看板がある定質だった。

「へへ、駒の看板を持たねえ質屋もあるんでさあ。それを世間じゃ脇質などと言ってやしてね」

と、市左は話した。

放蕩《ほうとう》息子などが出先で着物を脱いだり、家の物を持ち出しても、請人がなければ質屋に持ち込めない。それを引き受けたのが脇質である。ここでは請人などいらない。当然金利は高く、流してよい期限も定質では十月《とつき》なのに対し、脇質では一月《ひとつき》と短かった。質入れが原因でいざこざが起きるのも、盗品や万引きの品が持ち込まれるのもほとんど脇質で、

「それらはまた、ほとんどおもてにならねえ」

と、市左が説明したのへ小谷がつづけた。

「だからよ、奉行所がかねてより窩主買の疑いで目串を刺していたのよ、赤坂の鳴海屋は」

そこの亭主は征五郎《せいごろう》といい、こいつが喰わせ者らしい。番頭が唐八《とうはち》といい、いかにも商家の番頭らしく腰が低い親切そうな男だというのも、政吉やおフクの証言と一致

していた。

さらに鬼助が、

「政吉どんが明神下で襲われたことに、祭のとき町の用心棒をしていた松井仁太夫という浪人さんがいたく気にしておいでで、俺たちとおなじ推測をされ、探索するなら合力《ごうりき》したい、と」

「ほう、あの松井仁太夫なあ」

と、小谷は顔をほころばせた。松井仁太夫は堀部安兵衛ではないかとの町のうわさを嗅ぎつけ、鬼助に面通しを依頼したことがある。鬼助は明確に否定した。元堀部家の中間が言うのだから、これほど確実なことはない。

だが、その松井仁太夫は不破数右衛門で、赤穂浪人であることは合っていた。しかも安兵衛らとおなじ存念を持った浪士なのだ。その存念のため、素性は町の者にも、さらに小谷健一郎にも伏せておかねばならない。

明神下ではいまなお仁太夫が安兵衛とのうわさはながれているが、鳴海屋の探索が進めば、やがて小谷も仁太夫の数右衛門に会うことになるだろう。そのときにみょうな疑いを持たせぬためにも、鬼助は先手を打っておこうとしているのだ。元堀部家の中間が〝こちらの松井仁太夫さまが〟と、小谷に引き合わせれば、それは松井仁太夫であり、赤穂浪人などではないとの印象を植え付けることになる。

しかし小谷は、

「あの浪人なあ、神田祭のとき、ちょいと挨拶を交わしたぞ。あの風貌なら、そりゃあ町の者が高田馬場を連想しても不思議はないわい」

と、すでに面識のあるようなことを言った。聞けば祭の見廻りのとき、旅籠町のお神酒所で見かけ、

（これがあの松井仁太夫か）

と直感し、

「――ご苦労」

と、声をかけると、仁太夫のほうからも、

「――其許《そこもと》もご苦労」

と、返してきたというだけだった。

みょうな疑いを持ったわけではなかった。

仁太夫の数右衛門は、小谷が堀部安兵衛とのうわさを鬼助に質《ただ》した同心だなどとはまったく知らないはずだ。鳴海屋の件で、あらためて鬼助が引き合わせることになるだろう。そのほうが双方とも、自然につき合えるはずだ。

それはさておき、鳴海屋の件は小谷の策により、まず政吉を襲った連中の割り出しから手をつけることになった。その者たちが鳴海屋と関わりのあることが証明できれば、いかに鳴海屋が借り手から証文を取っていようと、打込むことができる。

だが政吉が、はっきりと人数も分からず一人の顔も見ていないというのでは、雲をつかむような話である。手掛かりは、

「——木刀を振るったのは武士であろう」

との鬼助と、仁太夫である数右衛門の判断のみである。

あした、

「敵の本丸を見ておく必要があろう」

との小谷の言葉によって、千太の案内で鬼助と市左がふらりと赤坂に出かけ、鳴海屋の構えを見ておくことになった。

さらに小谷は配置を決めた。鳴海屋を張り、そこに出入りする与太や武士、おそらく浪人であろう、そのなかから政吉を襲った者を割り出そうというのである。

「見張り所は奉行所で手配するから、鬼助と市左で交互に張り込め。つなぎ役に千太ともう一人、奉行所の捕方から出すよう手配する。それだけではないぞ」

小谷はつづけた。

「明神下の旅籠町に中村屋《なかむらや》という、大振《おおぶ》りな質屋があるだろう」

「あります、あります」

「そこの用心棒が、松井さまでさあ」

市左が言ったのへ、鬼助がすかさずつないだ。

「ほう、それはちょうどよかった」

小谷は顔をほころばせた。

確かに旅籠町に中村屋という大振りな質屋がある。むろん、定質である。商売柄、表通りは神田明神への参詣人を泊める宿屋が暖簾をならべているが、脇道に入ったところに老舗の質屋がある。あるじは代々平右衛門《へいえもん》を名乗り、

「中村屋平右衛門は、質屋仲間の惣代《そうだい》をしておってのう、そこにも詰所を置き、鬼助と市左が交互に入る。鳴海屋の番頭の唐八は、またきっと政吉の長屋を訪ねてくるはずだ。それを尾《つ》け、与太や浪人と接触しないか見張るのだ。いたら、そやつらが政吉を襲ったやつらとみて間違いはないだろう」

小谷は、配下の岡っ引に対する命令口調になっていた。

「分かりやした。したが、俺と市どんが交互に赤坂と旅籠町を見張るたあ、結局毎日出張《でば》るってことで？」

「そうなる」

小谷は毅然とした口調だった。なるほど鬼助と市左は、おもてにはしていないものの、小谷同心の岡っ引なのだ。やる気を見せる小谷に、二人は呑まれている。赤坂の鳴海屋の近くに見張り所を設け、明神下の中村屋に詰所を置くなど、奉行所の小谷にしかできない仕事である。

定質にとって脇質など、この上なくうっとうしい存在である。定質の質屋仲間の惣代は三人いて、会所を仕切っている。その筆頭である中村屋は、八丁堀の旦那から脇質を挙げるためと言われれば、率先して合力するだろう。

帰るとき、外はもう暗くなっていた。沿道の茶店はどこも日の入りとともに暖簾を下ろすが、和泉屋も暖簾を下ろし小谷たちのために店場に灯りを点《つ》けていた。これも八丁堀の威力である。

和泉屋で借りた提灯を手に、東海道を北に歩を取っている。日本橋方向だ。考えてみれば、隠れ岡っ引として小谷の差配で動く、初めての仕事である。

「小谷の旦那、あんなに張り切って、すっかり呑まれちまったぜ」

「まったくだ。あの旦那にすりゃあ、これまで怪しくてもなかなか手の出せなかった脇質とやらの一軒に踏み込めるかもしれねえってんで、意気が上がっていなさるのだろうよ」

「そのようで。まあ、合力しやしょうや。政吉の遭難、鳴海屋が仕組んだのなら、こいつぁ許せねえ」

「そのとおりだ」

と、二人ともその気になっている。

街道の両脇の灯りはまばらになり、人影はほとんどない。町駕籠がときおり通るのは、酔客でも乗せているのだろう。

「それにしても兄イ、きょうはせっかく明神下の金沢町に行ったのに、アキとナオとかいう小町娘に会えなかったのは残念だったぜ」

「なあに、これから嫌でも会うことにならあ」

「そう願いてえ」

話しながら歩を進めているうちに、足は日本橋の橋板に乗っていた。昼間の喧騒がうそのように、下から水音が聞こえてくる。

渡ると奈美のいる磯幸の前だ。さすがにまだ軒行灯《のきあんどん》にも玄関口にも灯りがある。

「寄っていきやすかい。道場の件じゃ、幾度も来てもらったしよ」

「あはは。こたびの件、奈美さんには関係ねえぜ」

言いながら磯幸の前を通り過ぎた。

だが鬼助の胸中には、奈美に不破数右衛門と合力して町娘を二人、悪徳女衒から救おうとしていることを話したとき、

「――きっと、救ってあげてくださいね」

言われた言葉が、強く響いている。

四

二人ともいつもの職人姿で、鬼助は木刀を腰の背に差している。体に染みついた中間時代の習性か、これがなかったら落ち着かないのだ。

赤坂は御門外の半分が紀州《きしゅう》徳川家の上屋敷で、残りの半分に町家がひしめき、日枝神社が近いせいか、門前町よろしくずいぶん色っぽい箇所が点在している。政吉が返済を一度でもとどこおらせば、お座敷に出されるというアキとナオは、そうした町に送り込まれるのかもしれない。

まだ午前である。

「こっちでさあ」

と、案内役の千太は、男や女の人通りの多い表通りから脇道へ鬼助と市左をいざなった。不意に人通りが少なくなる。奥のほうの一角が、なにやら怪しげな雰囲気だ。ゆっくりと歩いている。まだ太陽は東の空というのに、三人の男がつながってこれからそこへくり込もうといった風情に見える。

「うひょー。こりゃあ脇質にふさわしい通りだぜ」

「そのとおり、そこでさあ」

市左が言ったのへ、千太が脇をわずかに手で示した。

あった。将棋の駒の看板はない。玄関口も、きわめて普通の家の造作《ぞうさく》だ。そこに暖簾がかかっているから、なにか商いをしている家だと分かる。紺地に白く、看板の代わりであろう、丸に〝金〟の文字が書かれた将棋の駒の図柄が染め抜かれ、その横にあまり大きくない文字で〝鳴海屋〟と白く染め抜かれている。遠慮するような風情だが、人々はその暖簾で脇質だと分かる。こうした店は、看板よりも利用者の口伝えで存在が広まるのだろう。

奥はやはり、規模の小さな岡場所だった。鳴海屋の前を四、五間（およそ八米《メートル》）ほど通り過ぎたところに茶店があり、そこの縁台に座って鳴海屋の玄関口を見ながら茶を一杯すすった。

「どうもこんな時分にここで座ってるなんざ、バツが悪いなあ」

市左は言ったものだった。そこがちょうど岡場所の手前になり、これからくり込もうかという嫖客《ひょうかく》がちょいと喉を湿らせるのにいい場所だった。年寄りの茶汲み女というより婆さんに訊くと、頼まれれば酒も出し、暗くなってからもしばらくは開いており、一杯引っかけてから奥へくり込む客もいるそうだ。

「お客さんたち、こんな時分に行きなさるかね」

「い、いや。そうじゃねえんだが」

茶汲み婆さんが言ったのへ、慌てるように鬼助は返した。

「さて」

と、腰を上げ、引き返した。ふたたび鳴海屋の前を通ったが、この間、人の出入りはなかった。ただ、奥行きはありそうな構えだ。

「なるほど、場所も造作も、脇質にふさわしいなあ」

表通りに出てから、鬼助はつぶやくように言った。

三人の足は南町奉行所に向かった。午後には、小谷同心が鬼助たちを、旅籠町の定質・中村屋平右衛門に引き合わせることになっている。

「あんれ。お客さん方、きょうも」

街道筋の和泉屋の茶汲み女が鬼助と市左を迎えた。千太が奉行所まで迎えに行き、またいつもの和泉屋で待つことになっているのだ。

「それならさっそく」

すぐにおやじが出てきて、奥の部屋を用意しようとしたのへ、

「いや。きょうはここで待たせてもらわあ」

「それじゃわしが小谷の旦那に叱られまさあ」

と、おやじは鬼助が店場の縁台を手で示したのをふり切るように、いつもの一番奥の部屋を用意した。

それで正解だった。

待つほどもなく小谷が来ると、

「さっそく赤坂に見張り所を置くことになってのう」

と、腰を据えるなり声を落とし、役向きの話をしだした。

千太がいない。

「あのあたりを縄張にしている同輩が、合力してくれることになってのう。ほれ、きようおめえらがひと息入れた茶店の奥の一室だ。いま同輩に千太をつけ、話をつけに

行っておる」

「あぁ、あそこならちょうどいい」

鬼助はうなずいた。もとより見張り所の家族や奉公人には、どこを見張るなど言わないが、きっと奥の岡場所に出入りする者に目をつけていると想像するだろう。それに部屋から鳴海屋が見えなくても、おもての縁台に出ればすぐそこだ。

「こたびの見張りはちと長引くかもしれんが、これは奉行所を挙げての捕物で、俺がとりあえず担当することになった。おめえらも気張ってやってくれ」

「へえ」

「むろん」

二人はふたたび、小谷のやる気に呑まれるように返した。


明神下の旅籠町に向かったときは、二人は小谷のうしろにかなり離れてつづいた。あくまで隠れ岡っ引であり、同心につながっていることを他人に見せるのは、極力避けなければならない。

二人の目に、長身の小谷の背が見える。髷は粋な小銀杏で、地味な着物を着流しに黒い羽織を着け、雪駄《せった》にシャーッ、シャーッと音を立てて歩く。往来人は道を開け、

沿道の茶店などからは、

「ご苦労さまです」

「また寄っていってくださいまし」

などと声がかかる。急ぎの大八車や町駕籠でも、向こうから避けてくれる。

その雰囲気は中村屋の中までつづいた。というより、倍加した。質屋ではなにかと奉行所の役人と接触する機会が多く、定質であれば護られてもいるのだ。

あるじの平右衛門が番頭を従えて玄関に出迎え、いくらか遅れて中村屋に入った鬼助と市左も手代の案内ですぐ奥の部屋に通された。番頭はいかにも商人の風情だが、あるじの平右衛門は質屋仲間の惣代にふさわしく、恰幅《かっぷく》がありおっとりとした風貌だった。小谷同心は以前から面識があるようで、祭のときも幾度か顔を会わせているのだろう。

驚いたことに、部屋に仁太夫の数右衛門がいた。中村屋の用心棒をしておれば、そこに不思議はないのだが、

「これは松井さま」

と、鬼助は脳裡から〝不破数右衛門〟の名を払拭《ふっしょく》するように言い、市左にちらと目をやると、

「松井の旦那がいてくださりゃあ、あっしらも心強いですぜ」

と、心得たように応えた。

一同は、律儀な平右衛門に合わせ端座であった。そのなかに平右衛門が、小谷同心が用件を切り出すよりもさきに、

「いやあ、きのう松井さまから金沢町の大工ですか、政吉さんの話を聞きまして驚きました。あそこの娘さんは二人とも小町娘で、祭のときはいっそう艶《あで》やかで目立っておりました。そのあと政吉さんが大けがをしたと聞き、心配しておりましたら、背後に勝質のとんでもないからくりがあるかもしれないなどと。もしあったなら、断じて許せませぬ」

膝の上で両こぶしを握りしめ、同席した番頭も真顔でうなずいていた。

平右衛門はつづけた。

「そちらが見倒屋の鬼助さんと市左さんでございますね」

「へえ、まあ」

鬼助と市左が恐縮するように返したのへ、

「見上げたものです。見倒すよりも政吉さんの遭難の真相を究明しようと、お奉行所のお役人にも合力を願われるというので、わたくしどもはきょうかあすかと待ってお

ったのでございます。それが小谷さまとご一緒だったとは、心強うございます」

「ま、あっしら、見倒屋は、お助け屋にもなりますもんで」

市左が端座のまま返した。

きのうのうちに仁太夫が話したらしく、小谷はあらためて話す手間がはぶけた。鬼助たちもそうだった。二人は見倒屋だと用心棒の仁太夫がはっきり言ってくれていたおかげで、岡っ引と間違われずにすんだ。

小谷もそこに合わせたか、

「さよう。この二人が合力してくれるというので、この件ではしばし本業を忘れてもらうことにしましてなあ」

「そのとおりでさあ。さっきもこの市どんが言ったように、わたしら見倒屋は内容によっちゃお助け屋にもなりやす。いまに始まったことじゃござんせん」

わが意を得たりと鬼助も返し、さっそくその場に政吉の女房のおフクが呼ばれ、向後の段取りが話し合われた。

もちろん、定質の中村屋が店をあげて合力し、詰所に奥の一室をあて、ここに鬼助と市左が奉行所のつなぎの者と対になって交互に詰め、政吉の長屋ではおフクのほかに娘のアキとナオのどちらかが〝お父つぁんの看病〟で常に居合わせることなどが話し合われた。

政吉を襲った者はもう来ないだろうが、鳴海屋の番頭唐八は催促だけでなく、ようすを探るためにもきっと来る。来ればアキかナオがさりげなくおもてに出て、中村屋に走る。あとは詰所に詰めていた者が、つなぎをつける与太や浪人がいないか唐八を尾《つ》ける。

おフクは鳴海屋の唐八を尾けることに怪訝《けげん》な顔をしたが、小谷がこれも政吉を襲った者を割出すためだと説得し、

「ともかく言うとおりにするのだ」

最後には高飛車な口調をつくり、おフクを承知させた。

おフクが帰ってから、

「どうやらおフクさんは、まだ脇質の唐八を信じているようでございますねえ。それだけ唐八の口上が巧みだったのでございましょう。腹立たしい限りでございます」

中村屋平右衛門がおっとりとした風貌ながら、吐き捨てるような口調になった。それを受け、仁太夫は言った。

「それがしもおフクと政吉には、こたびの件が仕組まれたのではないかということはまだ話しておらぬ。話せば政吉のことだ。憤激のあまりあの体で赤坂へ乗り込もうと

し、骨に障《さわ》るだけだ。それにアキとナオも騙《かた》りの道具にされたと知ったなら、祭の思い出はどうなる。それらを思えば、奉行所に鳴海屋を挙げてもらい、それから話すほうがいいのではないかと思うてのう。むろん、真相が明らかになっても、呉服屋への支払いが消えるわけでもなく、アキとナオの受ける衝撃は一生消えぬだろうがのう」

「まったく、言葉巧みに借金をさせ、人殺しよりも非道《ひど》うございまする」

　これまで口を挟まなかった中村屋の番頭が、うめくように言った。

その非道を暴《あば》く態勢がととのったのだ。

　平右衛門は番頭に命じ、店の奉公人たちに口外無用の達しを出し、赤坂の茶店でも小谷の同輩がすでに件《くだん》の茶店に話をつけているはずだ。

　話がまとまり、ひと息入れたところで小谷が仁太夫に、

「いやあ、おぬしが高田馬場の堀部安兵衛さんに間違われておるという話は俺も聞いているが、風貌を看《み》ると無理からぬことですなあ」

「いやあ、困惑しておるでござるよ。あははは」

　仁太夫が笑って返したのへ、

「いえ。高田馬場に勝《まさ》るお方でございますよ、松井さまは」

と、中村屋平右衛門。うわさはうわさとして受けとめているようだ。番頭も横でう

なずいていた。その話題は、鳴海屋への怒りで悲痛な空気がただよっていた部屋をなごませた。

帰り、

「兄イ、どうしたい」

と、市左が声をかけるほど、鬼助は無口になっていた。

「い、いや。これから、どれだけ長い戦いになるかと思ってなあ」

返したが、胸中では別のことを考えていた。

(不破さま、きょうお見せになった分別、弥兵衛さまがお聞きになれば、きっとお喜びになりまする)

五

翌朝、日の出間もなくのころ、神田の大通りに出ると鬼助は南方向の赤坂へ、市左は北方向の神田明神下へと向かった。

赤坂の茶店では千太と一緒だった。二人で代わるがわるおもての縁台に出て、日の入り時分まで鳴海屋を見張る。ときおり人の出入りはある。風呂敷包みを抱えた、放蕩息子のような若い町人、それに武士もご新造風の女もいた。それぞれに思惑や事情があるのだろう。夕暮れ近くになり岡場所に出入りする者を観察するのも、なかなかおもしろいものがある。

明神下の中村屋では奥の一室が用意され、市左が町人姿を扮《こしら》えた捕方一人と、ひたすら待った。午《ひる》と夕刻近くには膳が出され、茶菓子も出て仁太夫もときおりようすを見に来たが、ともかく退屈だった。

この二カ所に鬼助と市左は交替で毎日出かけ、四日目になると、明神下では政吉が長屋で臥《ふ》せっている以外、アキかナオが中村屋に駈け込むこともなく、なんら変化はなかったが、赤坂の茶店では得るものがあった。

目串を刺したのが三人ほどいた。そやつらはいかにも遊び人風で、外から来たのではなく鳴海屋から出てまた鳴海屋に戻った。あとを尾けたが、他所の岡場所へ遊びに行くだけのことだった。どうやら鳴海屋に住みついているようだ。一度その中の一人が、あるじの征五郎らしい男と一緒に出かけ、一緒に帰って来たことがある。番頭の唐八らしい男も見かけたが、途中で見失った。だが、さきに茶店に戻って見張っていると、その男も戻って来た。

それぞれが小谷同心に成果を話した。

「よし、よくやった。浪人のまだ現われねえのが気に入らんが、端《はな》からそんなのはおらず、木刀の手練《てだれ》はその三人のなかの一人かもしれねえ。あと二、三日待って姿を見せねえのならもうよい。勘付かれぬうちに始末をつけるぞ」

「始末って、どのように」

鬼助と市左は訊いた。

小谷は言った。

「なあに、かまうこたねえ。どうせ胁質に巣喰っている与太どもだ。そのなかの一人が出かけたとき、おめえらどちらかがどこでもいい、喧嘩を吹っかけろ。その近くにうまい具合に俺がいて、すぐに駈けつけおめえらともども番屋へ引く。そこで牢問《ろうとい》にかけるのよ。かりにそやつが政吉を襲った野郎じゃなくても、叩きゃほこりの出るやつらだ」

なんとも荒っぽい手法だ。牢問とは、天井の梁《はり》から吊るして竹刀《しない》で痛めつけたり、水攻めにしたり、角材をならべた上に正座させ膝に重い石版を一枚、二枚と、つまり拷問である。

「それで吐けば、与力に報告して一気に鳴海屋へ打込む」

「なるほど」

鬼助は返したが、いつもは気さくな小谷健一郎が、このときばかりは不気味に見えた。奉行所にすれば、賄賂が法度《はっと》に背《そむ》いているのは分かっていても、証拠もなく訴えもなく、証文だけは慥《しか》とそろえているということに、ずいぶん歯痒《はがゆ》い思いをし、悔しさを積み重ねてきているのだ。

市左は喧嘩をふっかけることに、

「えっ、もし旦那の出る間合いが遅れ、殴られたり蹴られたり、刺されたりすればどうなりやす」

と、困惑の表情になったが、

「なあに、市どん。その仕事は俺がやらあ」

鬼助は背の木刀をさすって言い、小谷と荒療治の段取りを決めた。

決行は、三日後となった。

翌日、張込み初日から数えて五日目になる。鬼助は千太とともに赤坂の茶店に出ていた。

「なあ、千太よ。あさってには小谷の旦那も近くまで出張りなさらあ。それまで気づかれねえように、もう見慣れた顔はうっちゃっておいて、新顔の怪しそうなやつがお出ましのときだけ、尾けることにしようや」

「へえ」

鬼助の言ったのへ千太は応じた。

その日も幾度か縁台からの見張りを千太と交替するなかに、午過《ひるす》ぎだった。鬼助がおもてに出ているときだった。

(おっ)

腰を上げ、往還の縁台から店場の中に入り、覚られないように暖簾のすき間から外を窺《うかが》った。おもての通りから角を曲がり、枝道に入って来た浪人者がいたのだ。頭は百日髷で、袴の筋目も崩れている。

(もしや)

鬼助は思ったのだ。

「どうしなすったね」

「しっ」

背後から茶汲み婆さんが声をかけたのへ叱声を吐き、凝視しつづけた。

浪人は一歩一歩と鳴海屋に近づく。通り過ぎ、岡場所に行くのか。それとも鳴海屋の暖簾を頭で分けて入るか……。固唾を呑んだ。

分けた。鳴海屋である。

鬼助はおもてに出てふたたび縁台に座った。向きは岡場所のほうでも、気は鳴海屋の玄関口に配っている。なかなか出てこない。

中から、

「兄イ、交替しやしょうか」

千太が出てきた。

「い、いや、いい。俺がもう少し見ているから」

「さようですかい。それじゃお願《ねげ》えいたしやす」

千太は喜んで奥に戻った。外の縁台で、煎餅を少しずつかじりながらお茶をちびりちびりと飲んでいるよりも、部屋で寝ているほうがはるかに楽だ。

目に映った浪人、鬼助に見覚えがあったのだ。

一歩一歩と近づいているとき、

（はて、誰だったっけ）

暖簾の内側で考えながら見ていた。背後から茶汲み婆さんが声をかけたのは、そのようなときだった。

思い出せない。だがなにかの拍子に、ふと思い出すことがある。

浪人が将棋の駒を染め抜いた暖簾を頭で分けたとき、

（あっ）

その瞬間が訪れた。

思い出したのだ。

なんと、伊田浅之助《いだあさのすけ》……馬廻《うままわり》十五石の軽輩で、馬廻二百石の安兵衛の配下にいた家士ではないか。歳は鬼助よりいくらか若い。

「――なかなかの使い手じゃ」

と、安兵衛に引き合わされ、上屋敷の道場で幾度か手合せしたことがある。あの仁なら、木刀の技も納得できる。

だが、

（どうして）

考えているところへ、千太が声をかけてきたのだ。追い返し、身は奥の岡場所に向け、気配を拾おうと神経を背後に集中した。

出て来た。小半刻（およそ一時間）ばかり経てからだった。

鬼助はかすかにふり返った。背が見えた。伊田浅之助は近くの縁台に座っている職人姿など意に介することなく、もと来たおもての通りへ向かっている。

すぐさま暖簾に顔を入れ千太を呼び、

「新顔のお出ましだ。ちょいと尾けてみる」

「えっ、どこ？」

千太は暖簾を出て左右を見たが、もう浪人姿の伊田の背は見えなかった。

「あとを頼むぞ」

鬼助は急いだ。

『浪人が……』

とは言わなかった。〝新顔〟とだけ言ったのだ。

おもての通りに出た。

人通りがある。

見えた。幾度か立ち合っているので、離れていてもすぐ分かる。

南方向に歩を拾っている。人通りのある町場の往還なので、尾けやすかった。

町場が途切れ、武家地に変わる牛鳴坂《うしなきざか》の坂上に出た。その一帯も赤坂の範囲内だ。

坂の両脇は樹林群だが、下れば武家地が広がる。足場の悪い坂道で、荷運びの牛が難渋するところから、その名ができたという。

鬼助の胸中は乱れている。

（まさか、政吉を打ち据えたのは伊田さま⁉）

いま、ほんの十数歩さきを進む背に、声をかけ真偽を確かめようか……。それとも、きょうは居場所を突きとめるだけにするか……。

小谷同心とつるんでの仕掛けはあさってに迫っている。与太三人のうちの一人を捕え牢問にかけるとなれば、打込みはそのあとすぐとなるだろう。その気概を小谷は見せている。一網打尽《いちもうだじん》にすれば、そのなかに浪人の伊田浅之助が入っているかもしれない。赤穂浪人が、悪徳商人の用心棒になって悪事を働いていた……。

市中に赤穂浪人の存念がうわさされるなか、事件は諸人《もろびと》の注目を浴び、弥兵衛や安兵衛、数右衛門らの存念が成就《じょうじゅ》すればなおさら人口《じんこう》に膾炙《かいしゃ》し、元浅野家臣そのものの一大汚点となるだろう。

「おっ」

伊田浅之助は牛鳴坂を下る手前で、町場の路地に入った。鬼助は足を速めた。

長屋の路地だった。

ちらと見えた。九尺二間の五軒長屋の一番奥の部屋だ。

路地の前を一度通り過ぎ、牛鳴坂からの展望をながめて向きを変え、さりげなく引き返した。

ふたたび、長屋の路地の前に歩を踏む。

（いかにすべきか……）

思いが定まらない。

通り過ぎた。確かめる勇気が出なかったのだ。

数歩、進み、ふり返った。人の出入りがない。さっきも路地に人影はなかったが、
鬼助はなにやらホッとした思いになり、向きをもとに戻し、いま来た道を返しはじめた。気は重かった。

六

これよりまだかなり早い時分、明神下でも動きがあった。

政吉の臥せっている長屋である。

「それじゃおっ母さん、あたし、ちょいと薬湯をもらいに行ってきます」

姉のアキが、三和土におり下駄をつっかけた。

〝薬湯を〟は、鳴海屋の唐八が来たときの、家族内で決めていた合図である。

しかし、親切な番頭の唐八が来たとき、どうして定質の中村屋に伝えねばならない

のか、おフクには解《げ》せなかった。脇質が金貸しをしているのが、御法に触れるのだろうか。だとしたら、唐八をお上《かみ》に売ることになるのではないか。おフクの心中は複雑だった。

唐八は政吉のようすを見るとともに、おフクにアキとナオを、茶店の縁台から座敷に出る仕事への奉公替えを勧めに来たのだ。

アキの出たあと、唐八は上へと勧められたのを遠慮し、すり切れ畳に浅く腰を下ろして政吉のほうへ上体をねじり、

「まったくえらい災難でしたねえ。痛みがなくなったのはよござんしたが、回復するまでまだ日数がかかりそうだ。おフクさんも大変ですねえ」

丁寧な口調で、いかにも心配しているように言う。

「ううう、くそーっ。あのときの奴ばら！」

「そのまま、そのまま、政吉さん。辛いでしょうが、傷に障《さわ》っちゃいけません」

いまなお祭の夜に襲った連中への憎悪をあらわにする政吉を、唐八はなだめるように手で制し、

「臥せっている政吉さんの前で、かような話をするのもなんですが、今月もまた二分の返済の日がやってきます。どうだろうねえ、おフクさん。おアキちゃんとナオちゃ

んを証文にもあるとおり、まだとどこおらせているわけではありませんが、座敷奉公に出しては。悪いようにはしませんよ。手前どものよく知っている料亭でしてね。そうすれば十年といわず、二、三年で返済を終えることだってできるのですから」

「えっ、ほんとうですか」

おフクは身を乗り出した。だがすぐに引いた。躊躇《ちゅうちょ》しているのが看《み》て取れる。

唐八にすれば、打つべき手はすべて打った。あとは熟した柿がぽろりと落ちるのを待つばかりである。それを速めようとしている。差配をしているのはもちろん、鳴海屋のあるじ征五郎だ。

唐八はさらに言った。

「もちろんですとも。すべて返済ばかりか、おアキちゃんとナオちゃんの容貌《きりょう》です。おつりが来て、薬料も充分に払え、政吉さんも心落ち着けて療治することができるじゃありませんか」

「ううう」

おフクも政吉もうめいた。

迷っている。

「まあ、強《し》いてとは申しません。ゆっくり考えておいてくださいましな」

唐八は腰を上げた。

長屋を出たアキは表通りに出ても走らなかった。アキもまた、鳴海屋の番頭が来たのを、いかに明神下の大店《おおだな》とはいえ中村屋をとおしてお上に知らせなければならないのか、理解できなかった。アキは、きょう鳴海屋の番頭が来たのは、お父っぁんの見舞いがてら自分たちに座敷奉公を勧めるためだろうと解している。

そのとおりだった。だがアキもナオも、それがせいぜい二月《ふたつき》か三月《みつき》、長くても半年くらいとしか思っていない。座敷に出れば新たに衣装をととのえ、化粧代もかかり、そこにまた借金がかさむなど思ってもいない。さらにそれがどのような座敷奉公なのかは、およそ想像の範囲外のことだ。

アキの足は、表通りから中村屋のある脇道に入った。若い娘が、質屋の玄関に入るのは気が引ける。周囲を見まわし、人通りのないのを確かめてから暖簾をくぐり、

「ごめんくださいまし」

格子戸を開けた。

中村屋では店場に話がしてあったのか、アキが来ると、

「あ、金沢町のアキちゃん」

と、手代がすぐ奥に通した。

そこに町で堀部安兵衛と言われている松井仁太夫と、見倒屋の市左にもう一人町人がいて、あるじの平右衛門まですぐに出て来たのには驚いた。

(ん？　やはり心痛からか)

市左は解した。十七歳の小町娘が、肌に艶《つや》もなく、やつれて見えた。

アキが、鳴海屋の番頭が来たことを告げると、

「アキちゃん、しばらくここにいなさい」

平右衛門は言い、

「よし、行くぞ」

松井仁太夫が市左ともう一人の町人を引き連れ、外に出た。仁太夫らが鳴海屋の番頭になにかするのではないかと、アキは心配になった。その顔色を読んだか中村屋平右衛門が、

「アキちゃん、なにも心配ないからね。しばらくここにいるのです」

大店のあるじに言われれば、そうせざるを得ない。

外に出た仁太夫らは、政吉の長屋が見える角に立ち話でもしているかたちにかたまり、唐八の出て来るのを待った。もう一人の町人とは、もちろん小谷が差し向けた捕

方である。

出て来た。見るからに物腰のやわらかそうな、商家の番頭といった風情だ。おフクが腰高障子の外まで出て見送り、頭をふかぶかと下げている。声は聞こえないが、よろしゅうお願いしますとでも言っているのだろう。唐八も丁寧に辞儀を返している。それらのようすが、仁太夫にも市左にも、この上なく腹立たしいものに見えた。

このあと、仁太夫はアキを送って政吉の長屋を訪れたが、案の定、政吉もおフクもまだ、唐八を〝親切な番頭さん〟とみている。異なるところといえば、おフクが、

「アキとナオを、しばらくお座敷での奉公に出そうかと思っているのですよ」

と、力なく言ったのに対し、政吉が、

「ならねえ。アキとナオを、よその町の奉公に出すぐらいなら、夜逃げだ、夜逃げ。ううう」

とうめき、臥せっているものの意気軒昂《いきけんこう》なところを見せた点だった。政吉には〝お座敷での奉公〟がなにを意味するのか、分かっているようだ。若いころ、そうしたところへ出入りした経験があるのだろう。ただそれを、女房や娘たちに言うことはできない。

仁太夫は政吉の気持ちを解し、さっきまで唐八の座っていた畳に腰を据え、

「アキとナオは、いまのまま境内の茶店で働くのだ。お助け屋の鬼助たちが言っておったぞ。夜逃げももうすこし待て、と」

鳴海屋に仕掛けるのがあさってに迫っていることを、仁太夫は市左から聞かされ知っている。

政吉はすでに包帯のとれた顔を仁太夫に向け、訴えるように訊いた。

「なにか、なにか手立てがありますのか」

「ふふふ。ともかく待て。いまは養生だけを心掛けておれ」

と、仁太夫は腰を上げた。話すわけにはいかない。話せば鳴海屋に洩れ、算段が崩れるかもしれない。

市左と町人姿の捕方は、明神下から唐八を尾けている。市左が唐八を見失わないように尾き、その市左に町人姿の捕方が間合いをとってつながる。その位置をときおり交替する。唐八が振り返っても、目に入る相手が変わっておれば、尾行とは気づかれない。以前、小谷から仕込まれた尾行術である。

唐八は筋違御門の火除地の雑踏を抜け、神田鍛冶町《かじちよう》の八百屋《やおや》に入った。その八百屋なら市左も知っている。年ごろの娘が一人いる。入ると唐八は、政吉の長屋で過ごしたのとおなじくらいの時間で出て来た。

(鳴海屋め、あそこにも仕掛けてやがったのか)

思いながら尾けた。

あとは立ち寄る所もなく、まっすぐ赤坂に帰った。


この時刻、鬼助がちょうど牛鳴坂上の長屋の前から帰って来たときだった。

鳴海屋のある脇道に入ろうとしたときだ。

「兄イ」

不意に背後から声をかけられた。ふり向くと市左だ。

「えっ、なんで」

と、立ち話になった。市左は神田鍛冶町から、唐八を尾けて来たのだ。

「そうか。さっきこの脇道に入ったお店者《たなもの》、あれが唐八かい。だったらもっとよく面《つら》を拝んでおくんだったなあ」

「兄イこそ、誰か尾けてたのかい」

「あゝ。ともかく、ここじゃなんだ」

と、二人は千太の待つ茶店に戻り、うしろに町人姿の捕方がつづいた。

もう見張る必要はない。鬼助の差配で四人とも奥の部屋に入った。

あらためて市左がきょうの成果を話した。町人姿の捕方がうなずきを入れている。

「なるほど。鳴海屋め、鍛冶町の娘まで。こりゃあ、ほかにも仕掛けたのがあるかもしれねえぜ」

「おそらく」

と、千太が一人前の口を入れ、

「それで鬼助の兄イ。さっき尾けたのは？」

当然の質問である。市左も捕方も、聞きたそうにしている。

鬼助は言った。

「与太っぽい野郎だったので、やつらの仲間かと思うたが、なんでもなかった」

と、赤穂浪人の存在は伏せた。

見張り役が四人そろったところで、早めに切り上げた。東の空に陽はまだ高い。市左からの経過報告もあり、捕方と千太をさきに奉行所へ返し、いつもの京橋に近い街道筋の和泉屋で、小谷同心と待ち合わせることにしたのだ。

赤坂から京橋方面なら、外濠沿いの往還を行くのが近い。

和泉屋に着いたころ、ようやく陽のかたむいたのが感じられた。

あるじは例によって一番奥の部屋を用意し、となりを空き部屋にした。

小谷同心が来たのは、鬼助と市左が部屋に入りすぐだった。千太とまだ町人姿の捕方をともなっていた。

部屋に入るなり小谷は、すでに唐八を尾行した件は捕方から聞いていたか、

「市左、ご苦労だった」

言いながら腰を薄べりに落として胡坐を組み、

「鳴海屋はまだほかにも余罪があるはずだ。番頭が二日もつづけて政吉や鍛冶町に出向くことはあるまい。よって明神下での見張りはもういい。あの家族への対応は、松井仁太夫どのに任せておいて間違いはねえ。決めたぞ。仕掛けはあしただ」

「えっ。待ってくだせえ」

言ったのは鬼助だった。

「どうした、鬼助。おめえらしくもねえ」

「へえ、予定はあさってで。確実にやるには、やはり慎重に、予定どおり」

「えっ、兄イ。あっしは小谷の旦那に賛成ですぜ。ここまで来りゃあ、あしたもあさってもおんなじだ。おんなじなら、対手に気づかれる危険を少なくするためにも、早《はえ》

えほうがいいのじゃねえのかい」

　市左が驚いたように口を入れた。

「そういうことだ。鬼助、いってえどうしたのだ。俺が言わなくても、おめえから言いそうなことだぜ」

「そ、そりゃあ、まあ。ただ、確実にと思うただけで」

「だったらますますだ。ここまで来たら、もう市の言うとおりだ。きょうはおめえより、市のほうが冴えてるぜ」

　言われて鬼助は反論できず、仕掛けるのはあしたと決まった。

　鬼助の脳裡にあるのは、伊田浅之助のことだった。

（いかにすべきか）

　まだ迷っている。

「まあ、あしたからその用意をし、機会がなければあさってということになる。二日もつづけて、与太三人のうち一人も外へ出ねえということはあるまいよ」

　小谷は言い、座はあしたの打ち合わせとなった。捕方をともなったのは、そのためだったようだ。あしたは幾人かの、町人姿ではない、鉢巻にたすき掛けで六尺棒を持った捕方も加わることとなるだろう。

談合は短く、和泉屋を出たころ、まだ陽はあったが、日の入りをまえに街道の往来人も荷運びの大八車や荷馬も動きが慌ただしくなりはじめていた。

その土ぼこりのなかに歩を踏み、

「兄イ、どうしたんでえ」

市左がまた言った。

「この前《めえ》もそうだったじゃねえか。急に無口になってよう」

この前——明神下旅籠町の中村屋で、あるじの平右衛門に松井仁太夫の不破数右衛門、それに小谷健一郎もそろい、鳴海屋の非を語り合ったとき、仁太夫が政吉とその家族への配慮を示したときである。あのときも帰り、鬼助は無口になった。

だが、こたびの無口は、切羽詰まった深刻な苦悩からである。

足は日本橋に入った。橋板には、大八車の車輪に人の下駄と、一日で最も大きな音が響いていた。

渡った。そこに磯幸の暖簾が見える。

「あ、俺。ちょいと寄ってくるぜ」

鬼助は言うと、

「いや、いいんだ。帰《けえ》ろう」

すぐに打消し、足を速めた。

「どうしたい、兄イ。ますますみょうだぜ」

市左は訝《いぶか》りながら、鬼助の足に合わせた。

鬼助は瞬時、奈美に話し弥兵衛に知らせてもらおうと思ったのだ。しかし、それが安兵衛に伝わったなら、高田馬場よろしくきょうにでも伊田浅之助を斬りに走るだろう。それこそ人口に膾炙する事件となる。

それらの思いが、磯幸の暖簾を見た瞬間、鬼助の脳裡を奔《はし》ったのだ。

七

朝だ。いつも市左たちの棲家の脇を通って、奥の長屋群へ商いに入る豆腐屋と納豆売りが、

「あれ、開いた」

「ほんとだ」

声を上げた。日の出を迎え、棲家の脇の路地に朝日が射したばかりだ。奥の長屋ではお島たち住人が井戸端で、

「早くう」

「急《せ》かすない」

と、顔を洗う順番を待ち、その横では、

「うっ、ゴホン」

と、きょうの火《ひ》熾《おこ》し当番が七厘《しちりん》をあおぎ、くすぶりはじめた煙にむせているときである。

いつもならまだ閉まっている雨戸が音を立て、開いたのだ。

「お、早《はえ》えじゃねえか。お早う」

「へえ、お早うさんで。いつもこの時分でえ」

縁側に寝巻のまま姿を見せた鬼助に豆腐屋が返し、

「とぉーふぃ、とおふっ」

「なっとー、なっとぉぉぉ」

納豆売りとともに触売《ふれうり》の声を上げ、奥へ入って行った。

部屋では、市左も起きていた。

長屋の朝の喧騒が終わり、出職の者が出かけ、つぎに出商いのお島がとおり、つぶやいた。

「あら、さっき開いてたと思ったのに、また寝たの？」

開いていたはずの雨戸が閉まっている。

お島が雨戸の前でつぶやいたころ、鬼助と市左は外濠の神田御門を入り、大名屋敷の白壁の往還を赤坂御門に向かっていた。伝馬町から赤坂への、一番の近道だ。

江戸城の外濠の城門は、浪人と怪しげな風体《ふうてい》以外の者は、日の出から日の入りまで往来勝手になっている。そうでなければ、外濠城内の武家地の屋敷は、日々の生活が成り立たない。お島もお屋敷の女中衆を相手の商いに、門番に挨拶の声をかけよく神田御門を入っている。

二人は腰切半纏を三尺帯で決めた職人姿だ。腰の背に脇差寸法の木刀を差していても、刃をむき出しの鎌よりはましで、そう目立つものではない。

小谷健一郎も、八丁堀から早めに奉行所に出仕し、捕方を五人ほどまとめ、準備にかかっていた。神田旅籠町の松井仁太夫に、

「赤坂の鳴海屋への仕掛け、きょうにくり上がりました」

と、告げるため、千太が明神下に走っていた。

急ぎ戻って来れば、小谷同心たちは出立《しゅったつ》となる。間もなくだ。

鬼助と市左は赤坂御門を出た。出るとすぐ町場が広がっている。

びくりと鬼助は背筋を震わせた。

「兄イ、どうしたい。どうもきのうから変だぜ」

歩を進めながら、市左がまた鬼助の横顔に目を向けた。

きのう尾行に出かけ戻って来てから無口になり、それがまだつづいているのだ。

「うむ、いや、なんでもねえ」

曖昧に応えた鬼助に市左はまた、

「そりゃあ、向こうの与太に喧嘩をふっかけて危ねえ橋を渡るのは兄イだ。そこは申しわけなく思っておりやす。そういう荒業《あらわざ》、兄イにしかできねえからなあ」

と、市左は鬼助がきのうから緊張するように無口になっている理由が、そこにあると思っているようだ。

だが、町の与太相手の喧嘩に、緊張するほどの鬼助ではない。

鬼助は、悩んでいた。葛藤《かっとう》のなかに、ひと筋の光明はあった。

(伊田浅之助さまが、まだ、そうと決まったわけではない)

自分への、気休めかもしれない。

その光明を頼りに、外濠城内の白壁に囲まれた往還に歩を進めているとき、

(うむ、これだ)

熟慮の結果ではなく、ふと思いつくように、方途が脳裡にながれた。

（こんな簡単なこと、なぜいままで考えつかなかったのだろう）

と、思えるほど、基本的な策だった。

——直接、伊田浅之助に会い、質《ただ》す
これだった。

急に足取りの軽くなるのを覚えた。

しかし、

（もしも……）

そこに思いが至ったのは、足が赤坂御門を抜け町場を踏んだときだった。その重大性に、背筋のぶるると震えるのを感じたのだった。

だが、思いを変えることはなかった。

町場に歩を踏みながらさらに無口になり、もしもそうだったなら、

（小谷の旦那には悪いが）

手の内を明かし、

（事前に逃がしてやる）

ことも念頭に置いた。

「兄イ、着いたぜ。そこだ」

一緒に無口になっていた市左が口を開いた。

「ふむ」

二人の足は脇道に入り、さりげなく鳴海屋の前を通った。将棋の駒の暖簾が、すでに出ている。

見張り所の茶店に入り、奥でひと息ついたころ、

「小谷の旦那たちも、配置につきやした」

と、千太が知らせに来た。

小谷は五人の捕方を率い、近くの自身番に入ったようだ。

捕方たちは、来るときは単《ひとえ》の着物を尻端折に風呂敷包みを抱えていたが、自身番に入ると足に脛巾《はばき》を巻き、たすきを掛け鉢巻を締めた。風呂敷包みにはそれらが入っていた。六尺棒は奉行所の小者が莚《むしろ》にくるんで別途に運ぶほど、町の者へ平常を装《よそお》うのに気を遣った。

小谷は捕方たちに言った。

「これから打込みと決まったわけではない。場合によっては、きょう一日なにごともなく引き揚げるかもしれぬ。そのつもりで、緊張をゆるめずゆっくり過ごせ」

陽は東の空にすっかり高くなっている。

茶店では、鬼助と市左と、そのまま茶店に残った千太が交替で縁台に出て見張り、与太三人のうちどれかが出てくれば、鬼助と市左が尾け、千太が自身番へ走ることになっている。

あとは待つばかりである。

鬼助は落ち着かなかった。

四　牛鳴坂《うしなきざか》の決闘

一

午《ひる》にはまだ間がある。

茶店で千太がおもての縁台に出ている。

奥の部屋で鬼助が市左に、

「ちょいと町をぶらっと見てくらあ。気になるところがあってなあ」

言いながら腰を上げたのへ、

「気になるところって？」

「いや、なんでもねえんだ」

「まったく。みょうだぜ、きのうから」

市左が言ったとき、鬼助はもう障子に手をかけていた。

「あれ、鬼助の兄イ。どちらへ」

「ああ、ちょいとな。やつら、出て来るなら午後だろうから」

縁台の千太にも話し、鬼助は町場に出ると町はずれになる牛鳴坂に向かった。

（間違いであってほしい）

心中に念じている。

牛鳴坂の坂上に立ち、眼下の樹林群の向こうに広がる武家地を一望し、坂上の町場にある長屋の路地の前に立った。部屋は確かめてある。五軒長屋の一番奥だ。

おなじころ、千太がちらちらと視線をながしている鳴海屋の中では、あるじの征五郎と番頭の唐八が、幾枚かの証文を文机《ふづくえ》の上にならべていた。貸金の取立ての算段でもしているのだろう。

征五郎が襖《ふすま》に向かって声を投げた。

「おい、誰か。牛鳴坂の旦那につなぎを取れ」

「へい、いますぐでございやすか」

と、襖をあけたのは、鬼助たちが目串を刺している三人の与太の一人だった。

唐八が例によってやわらかい口調で言った。

「出かけるのは午後ですから、ゆっくりでいいですよ」

「さようですかい」

与太は言うと襖を閉め、

「きょうはどこの取立てでえ」

つぶやき、部屋に戻った。

部屋ではお仲間の二人が賽子《さいころ》の途中だ。

「なんだ、牛鳴坂の旦那を呼ぶのかい。もうひと振りしてからにしねえ」

「おう、一回だけな」

言われた与太はその場に座り込んだ。

鬼助は長屋の路地に入った。

奥の井戸端に地味な着物の女が二人、盥《たらい》を前に裾《すそ》をからげてしゃがみ込んでいる。洗濯をしているようだ。路地に入って来た見知らぬ職人風の男に、手をとめ怪しむような目を向けた。

「やあ、洗濯かね。ちょいとそこの旦那に用で」

と、一番奥の腰高障子を手で示すと、

「え、そこかね」

「いるんじゃないの」

女二人は言うと、ぷいと鬼助から顔をそむけ、黙って洗濯の手を動かしはじめた。

女たちが無愛想なのではない。二人の態度は、伊田浅之助の、この長屋での評判を物語っている。伊田は孝兵衛店の不破数右衛門と違って、長屋の住人とあまりいいつき合いをしていないようだ。

不吉な予感が、鬼助の脳裡を奔《はし》った。

(やはり、伊田さまは鳴海屋の用心棒を)

いまさら引き返すこともできない。

一番奥の、腰高障子の前に立った。

外の声が聞こえ、気配も感じたのだろう。鬼助が訪《おとな》いを入れるまえに、

「鳴海屋か。入れ」

「へえ。そうじゃございませぬが」

鬼助は声をかけ、

「喜助でございます、堀部家に仕えていた」

「なに！」

中間《ちゅうげん》時代の名を言ったが、音はおなじである。

伊田浅之助は〝堀部家〟の名に反応したか、布団は上げていたが寝そべっていた身を起こし、鬼助は腰高障子を開けた。

「あぁ、よかった。やっぱり伊田さまだ」

言いながら鬼助は敷居をまたぎ、三和土《たたき》に立ちうしろ手で障子戸を閉めた。

「おまえ？」

伊田はすり切れ畳の上に胡坐居《あぐらい》のかたちになり、目を凝らした。鬼助は腰高障子の明かりを背に立っており、伊田からは相手が腰切半纏に三尺帯の職人姿であるのは分かるが、顔がよく見えない。

「喜助でございますよ。ほれ、堀部家の中間でした」

「ん？　おぉ、あの、木刀の」

ようやく気づいたようだ。

すり切れ畳に胡坐を組んだまま鬼助のほうに身を向け、

「で、その中間のおまえが、どうしてここへ。それに、いま何をしておる。見れば職人のようだが」

「へえ、大八車で荷運び屋をやっております」

と、鬼助は三和土に立ったまま話している。

「ふむ」

すり切れ畳の伊田は、鬼助の職人姿に得心したようにうなずき、

「みんな改易のせいで、苦労しておるのじゃなあ」

胡坐のまま返した。そのようすに生気はなく、

（荒《すさ》んでおいでじゃ）

鬼助は感じ、

「まあ、苦労と言っちゃあ苦労ですが。実は二、三日前、この近くで伊田さまを見かけまして、そのときは仕事中だったもので。きょう暇ができ、人にたずねながら、やっとここにたどりついたわけでございます。お懐かしゅうて」

「それだけか。で、堀部家のお人らはいかがか。俺は見てのとおりだが、いまでもつながりはあるのか。弥兵衛さまと安兵衛どのじゃ」

「はい。いずれかに浪宅を構えておいでのようで、ご両所とも息災のごようすで」

鬼助はあいまいに応え、両国も本所三ツ目の道場のことも伏せた。

「で、伊田さまは？　このまえ見かけたとき、はい、遊び人風の町人とご一緒のよう

で。あいつら、実は知っておりやして。一度、荷運びの手伝いをしたことがありまして、鳴海屋という脇質《わきびち》の若い衆でした」

と、いくらか伝法な口調に変えた。

「そうか、そこまで見ていたか」

伊田は表情を曇らせたが、すぐ開き直った口調で、

「おまえも鳴海屋などの運び仕事をやっているとは、まともじゃないようだなあ」

「いえ、たまたま請《う》けたのが鳴海屋さんだったわけで、まあ、借金のカタに無理やり物を持って行こうってんですから、驚きやした。そのとき伊田さまと一緒に歩いていた若い衆が一緒でやした。伊田さまも、まさか鳴海屋の仕事を?」

「ふふふ」

伊田は自嘲気味な嗤《わら》いを洩らし、

「だったらどうだというのだ。おまえはいったい、ここへ何をしに来たのだ。俺の生きざまを見に来たのか」

「いえ、さような」

「ふふふ。おまえも鳴海屋の仕事をしているようでは、まともとは言えぬのお」

「えっ、ならばやっぱり。伊田さまは鳴海屋の用心棒をなされておいででしたか。あ

そこが強引な金貸しもしているのを、ご存じなんでやすね」

「ほっ。おめえ、分かってるじゃねえか。ふふふ、おめえも裏の道に入ってしまったようだなあ。なまじっか木刀が振れるばっかりによ」

伊田も武士らしからぬ、伝法な口調になった。そこに鬼助は、長年の浪人をしていても武士でありつづける不破数右衛門とは、まったく異質なものを感じた。

「いえ、あっしゃあ人を騙《だま》すような、弱い者いじめみてえなことに、安兵衛さまから仕込まれた剣術は使いやせんぜ」

「なに！　中間《ちゆうげん》風情が賢《さか》しらなことを！」

伊田は徐々に神経を高ぶらせ、かすかに腰を浮かせた。鬼助も対抗するように、一歩まえに踏み出た。

二人は気を高揚させながらも、声は懸命に抑《おさ》えている。外の者にはなにやら屋内で話している声は聞こえても、内容までは聞き取れない。井戸端の女二人は自分たちのお喋りに興じ、逆にそれが屋内に聞こえるほどだった。

鳴海屋では与太三人が、あと一回といった賽子《さいころ》を終えたか、伊田浅之助につなぎを取るため、暖簾を分け出てきた。

ななめ前の茶店の縁台には、千太がまだ煎餅をかじりながら座っている。

「おっ」

目串を刺していた一人が出てきたのに気づいた。

すぐさま市左を呼んだ。

出てきた市左も、与太の背を見た。脇道をおもての通りに向かっている。

「ううう。兄イ、どこへ。肝心なときにいねえのだから」

言ってもはじまらない。与太はおもての通りの角を曲がった。

「よし、仕方ねえ。尾けるぞ。小谷の旦那にこのことを」

「へい」

二人はおもての通りへ急いだ。

与太の背がまだ見える。向かう方向だけを確認すると、

「行け、くれぐれも遅れねえようにな」

「へえ」

市左は念を押して与太のうしろにつき、千太は小谷同心と捕方が待機する自身番に急いだ。すぐ近くだ。

与太はぶら歩きではなく、目的を持ったように歩を取っている。

（兄イ。いってえ、どうすりゃいいんだよう）

市左はなかば泣きべそをかきながら与太を尾けている。その足は一歩一歩と、牛鳴坂上に向かっていた。

二

伊田浅之助はすり切れ畳に胡坐を組み、鬼助は三和土に立ったまま、話はまだつづいている。

「お言葉でやすが、中間でも元浅野家につながる者としての誇りがありまさあ。士分だった方々はなおさら、その……存念がおありになり……」

「あははは」

鬼助の言葉に伊田は嗤い、浮かしかけた腰をもとに戻し、

「おめえ、巷《ちまた》が言っているあれを言うておるのか。浅野遺臣がご政道を糺《ただ》す？　殿の遺恨を晴らす？　笑わせるな。おまえもそうだ。俺たちが禄を失い、浪々《ろうろう》の身になったは誰《たれ》のためぞ！　殿の短慮のせいではないのか。このくらい、中間のおまえにも分かろう。そこに存念があるとすれば、殿への恨みこそあれ……」

「伊田さま！　言葉が過ぎまするぞっ」

「なにを中間が小癪《こしゃく》な！」

井戸端の女二人のお喋りがやんだ。屋内の声が大きくなったのだ。

「そりゃあ、あっしは中間でござんした。いまは市井《しせい》で見倒屋をやっておりやす」

「見倒屋？　それ見ろ。おまえも裏稼業じゃねえか」

おもての井戸端では、

「えっ、あの職人さん、見倒屋？」

「ふふ、あの旦那、夜逃げでもしなさるかね」

「待って。そうじゃないみたい」

女二人は洗濯の手をとめた。

腰高障子の中の二人は、声を落とすのを忘れてしまっている。

聞こえるのは、職人風のほうのようだ。

「へえ、裏稼業でござんすよ。だからでさあ、奉行所の役人とも接触がありまさあ。ちかぢかお奉行所の手が入《へえ》りやすぜ、鳴海屋に」

「なにぃ」

「だから、早いとこ逃げなせえ。伊田さまの元の主家がおもてになりゃあ、迷惑するお人らがいっぺえいまさあ」

この言葉が、伊田浅之助の逆鱗《げきりん》に触れたようだ。

「むむ。奴《やっこ》の分際で、言わせておけば！」

伊田は腰を浮かせ、壁にもたせかけていた大刀を引っつかむなり、三和土のほうへ踏み出た。

「おっと、いけやせんぜ旦那！」

鬼助は、数歩あとずさりした。三和土はせまい。

――ガシャ
背が腰高障子にぶつかり、障子戸が外へ倒れた。

「きゃーっ」

井戸端の二人が声を上げた。その声が長屋の住人たちを呼んだ。

「どうしたあっ」

「なんなのぉ」

つぎつぎと腰高障子が開いた。

鬼助は敷居に足を踏ん張り、腰の背の木刀を手に取った。いままで、背であったため伊田にはそれが見えなかったようだ。

「ほう。持っていやがったか、おもしろい。以前は踏み込まれたが、ここで決着をつけようぞ！」

伊田は大刀を抜き放つなり三和土に飛び下りた。

鬼助は数歩下がって身構えた。足はすでに長屋の路地に出ている。

「ひゃーっ」

「斬り合い⁉」

路地に出た住人らは棒立ちになった。

「旦那、容赦しやせんぜ」

「なにぃ、猪口才《ちょこざい》な！」

「やりなさるか！」

鬼助は必死だった。真剣と向かい合うのは初めてだ。同時に、

(赤穂がおもてになってはいかん！)

念頭にながれた。

しかし、斬り合いはすでに始まっている。

伊田は、

「かかって来い！」

白刃の大刀を正眼に敷居から踏み出した。

鬼助はさらに数歩あとずさり、脇差寸法の木刀を前面に構えた。その瞬間、

「たあーっ」

伊田は上段に振りかぶった大刀を打ち下ろしざま踏み込んだ。

片や抜き身の大刀であり、片や脇差寸法の木刀である。

「きゃーっ」

「おぉぉぉぉっ」

洗濯の女二人も新たに路地へ飛び出た住人たちも、職人姿が一太刀浴び血潮の飛び散るのを想像し、

「ひーっ」

手で顔を覆った女もいた。

が、違った。

――カツン
その場の全員がにぶい音を聞いた。

「あぁぁ」

目をつむった者は開け、手で顔を覆った者は指にすき間をつくった。

一歩踏み込んだ鬼助が、木刀で真剣の刃《やいば》を薙《な》いでいたのだ。

が、踏み込んだ鬼助は薙いだものの大刀の圧力に押さえ込まれるように伊田の横に転がった。伊田はすぐさま体勢をととのえ、中腰に立ち直った鬼助に再度上段から打ち込もうとした。だが、間隔がなさ過ぎた。双方の足の位置は半歩と離れていない。

「だあーっ」

鬼助は木刀を握った両腕を前に突き出した。切っ先は伊田の喉元を狙った。

「おぉっ」

伊田は大刀を振りかぶったまま一歩跳び退《すさ》った。

鬼助の木刀の切っ先はぴたりとそれにつづいた。

すでに鬼助は起き上がっている。

路地の外では、

「喧嘩だーっ」

「斬り合いだーっ」

叫び声が聞こえ、往来人は走り、家から飛び出してくる者もいる。

それらは騒ぎの聞こえる長屋に走った。

さらに数歩、伊田はあとずさった。

鬼助の足も身もそれにつづいた。木刀の切っ先が、真剣を振りかぶった伊田の喉元から離れない。打込みを封じられている。

が、

（たかが木刀！）

伊田は見くびったか、大きく一歩跳び退るなり、

「たあーっ」

大刀を振り下ろした。

ふたたび、

「ひーっ」

悲鳴が上がる。

間合いを取られた鬼助はこの機を待っていた。

「とおーっ」

木刀に可能な限りの反動をつけ、打ち下ろされる寸前の、大刀の柄《つか》を握った伊田の左小指を、下から斬り上げるかたちで打ち据えた。

にぶい音が立った。鬼助は伊田の小指の骨が砕けたのを感じ取った。

「ぐっ」

うめきとともに伊田の動きが瞬時とまり、

「きさまーっ。ううう」

うめいたその脳天めがけ、

「ご免!」

鬼助は右足を軸に左足をうしろへ引きながら、上段から木刀を打ち下ろした。反動がついているうえに全身の力をこめている。相応の威力がある。

――ガツン
すでに路地に満ちている野次馬たちはまたにぶい音を聞き、

「おおっ」

驚愕の声を上げた。

小谷同心と捕方五人は、千太の先導で市左の行った方向を追っていた。場合によっては理由をこじつけそのまま鳴海屋に踏み込み、それから牢問《ろうとい》に……との算段を小谷は抱《いだ》いている。叩けばほこりの出る相手どもなのだ。打込み装束ではないものの、羽織を脱ぎ着物を尻端折にして走っている。往来の者が鉢巻にたすき掛けの六尺棒の群れに驚き、

「おっとっと」

「え、なんなんだ」

道を開け、あとについて走る者までいる。

「あっ、いました。あそこ」

千太が走りながら指さしたのは、すでに牛鳴坂上に近い往還だった。市左の背が見えたのだ。

そのとき先頭の与太が、

「ん？」

町の時ならぬ慌ただしさに気づき、騒ぎのほうへ駈け足になった。騒ぎは、これから行こうとしている伊田浅之助の長屋のほうではないか。

市左もそれに気づき、

「野郎、走りやがったな」

一緒に走った。

そのうしろでは、

「なにか異変のようだ。千太、急ぐぞ」

「へいっ」

小谷が走り出したのへ千太がつづき、捕方たちも六尺棒を小脇につづいた。

「おぉぉ」

と、野次馬たちが見たのは、大刀を振りかぶった浪人の額から噴き出る血だった。みるみる顔面が朱《あけ》に染まり、大刀が音を立てて地に落ち、両手もだらりと下がり、肩がぐらりと揺らぎ、全身がふらりと前のめりになった。

さらに、

「えいぃぃっ」

上段から鬼助の第二撃が加えられた。頸根《くびね》を打っていた。

——バシッ

またにぶい音だ。浪人の首が不自然に曲がり、身は前のめりに崩れ落ち、そのまま動かなくなった。脳天を割られたときに即死したのか、それとも頸根を打たれた衝撃で心ノ臓がとまったのか、鬼助にも分からない。

「きゃーっ」

悲鳴は井戸端にいた女たちのようだ。

「な、な、なんなんだ。ひーっ」

つぎの悲鳴は、野次馬をかき分け前面に出て伊田浅之助の斃《たお》れ込むのを見た鳴海屋の与太だった。飛び上がるなりまた野次馬をかき分け、長屋の路地を走り出た。

「おぉっ」

追って来た市左とぶつかりそうになった。

「じゃまだ、どけっ」

与太は言って自分から除け、来た道を返そうとし、小谷たちともすれ違った。

「旦那、やつです。鳴海屋の与太は」

「なに！」

明らかに挙動が不審である。

「捕えて自身番に引け！」

小谷は捕方たちに命じ、千太を捕方につけ前方の長屋に走った。

背後では、

「な、なんなんだ。俺がなにをしたってんだ！」

「うるさい！　神妙にしろっ」

与太はたちまち六尺棒に押さえ込まれ、そこにも野次馬が集まり、

「えっ、こいつかい、斬り合ってたのは」

「違う、ちがう。俺はただ見に行っただけだ！」

「黙れ。さあ、捕方のお人ら、自身番へ」

「よし、立てい」

と、まるで野次馬と岡っ引と捕方が連携したように、与太を自身番に引いた。

「兄イ！」

長屋の路地で、野次馬をかき分け前面に出た市左は、その光景に茫然となった。浪人者が血を噴いて斃《たお》れ、かたわらに鬼助が立っているのだ。

鬼助は冷静だった。

「おう、市どん。いいところに来てくれた。小谷の旦那を呼んでくれ」

「もう来ておるぞ。どういうことだ、これは！」

「あ、旦那。こいつ、鳴海屋の用心棒でさあ」

小谷が同心の朱房の十手をかざし、野次馬をかき分け姿を現わしたのへ、鬼助は悠然と告げた。

「おぉ、お役人だ。速い」

「だが、どうなってんだ」

「鳴海屋の用心棒？　あの高利貸しのか」

遅れて駈けつけた捕方が野次馬を押しのける。なかでは浪人者を殺した職人姿が、奉行所の役人と落ち着いて話していることに、周囲はわけが分からないといった雰囲気に包まれていた。

その雰囲気のなかに、小谷は浪人の息が絶えているのを確認すると、

「よし、この長屋の者ら、死体を自身番へ運べ。市、おめえが差配し、千太を死体とさっきの与太の見張りにつけさせ、すぐ鳴海屋に来い」

「えっ、あの与太。もう捕まえなすったのかい」

「早く行け」

「へい」

「鬼助、一緒に来い。鳴海屋だ。みんな、打込むぞ！」

「おーっ」

捕方五人は拝命の鯨波《げいは》を上げ、

「どいた、どいた！」

ふたたび野次馬を押しのけ、尻端折の小谷同心を先頭に路地を走り出て鳴海屋に向かった。

「さすが、旦那！」

鬼助は小谷の手際のよさに舌を巻き、捕方のあとにつづいた。

野次馬もそれにつづき、長屋の路地では、

「ひーっ、これをわしらが自身番へ⁉」

「すまねえ。これも悪徳の因業《いんごう》金貸しを捕まえるためだ」

嫌がる長屋の衆に市左は戸板を用意させ、初めて見る浪人者の死体に首をかしげながら、自身番に運んだ。

三

鬼助は捕方のうしろにつき、

（このあと、どう言いつくろえばいい）

脳裡にめぐらせたが、走りながらでは考えがまとまらない。ともかく元浅野家臣の伊田浅之助を殺してしまったのだ。

鳴海屋の脇道に入った。鬼助は悩みながらなので足取り重く遅れた。

牛鳴坂上の騒ぎは、まだ鳴海屋に入っていなかった。

不意に走り込んで来た捕方の一群に茶店など道筋の者は驚き、てっきり奥の岡場所に踏み込むものと思ったことだろう。

ところが一群が鳴海屋の前にさしかかると、

「小者、女中といえど容赦するな！　すべて取り押さえよーっ」

「おーっ」

と、標的はそこだった。小谷はこれまでの思いを発散させたか、将棋の駒の暖簾を引きちぎり、

――ガシャッ

格子戸を蹴破り、捕方とともに踏み込んだ。五人とはいえ、不意打ちである。帳場でまだ証文をならべていたあるじの征五郎と番頭の唐八は驚き中腰になるなり尻餅をつき、そこを十手で打たれ六尺棒で叩きのめされた。捕方たちにも、小谷の意気込みが乗り移ったのかもしれない。

奥ではおもての騒ぎに、まだ賽子《さいころ》に興じていた与太二人は飛び上がり、

「な、なんなんだ！」

路上で捕えられた仲間とおなじような悲鳴を上げ、逃げようとしたところ、一人は小谷の十手でしたたかに打ちのめされ、もう一人は六尺棒に打たれながらもかいくぐ

り、なんとかおもてに逃れ、遅れて走り込んで来た鬼助と路上で、

「わあっ」

「あっ」

鉢合わせになった。そやつは、目串を刺していた与太の一人だった。鬼助は伊田浅之助を打ち殺した木刀を手にしている。

「野郎！」

殺してはならない。一閃させ胴に打ち込んだ。

――グキッ

またもやにぶい音とともに、

「うぐっ」

与太はうめき、その場に崩れ込んだ。このときも鬼助は木刀を握る手に、骨を砕いた感触を得ていた。瞬時、胸が透く思いがした。意識して打ったわけではないが、明神下の大工政吉が受けた被害と、おなじ肋骨を砕いたのだ。

「来やがれ！」

と、容赦なくそやつの襟首を引っつかみ、屋内に引っぱり入れた。まわりには、すでに人が集まっている。

中はもう収まっていた。逃げた者はいなかった。

「ううう」

もう一人の与太が縄をかけられたまま、上体を前に倒しうめいている。

「旦那、こやつは？」

「あゝ、俺の十手で鎖骨《さこつ》を砕いたようだ」

鬼助の問いに、小谷はさらりと言った。

「さようですかい」

返した鬼助も、当然のような口調だった。

そこへ市左が、

「死体、運びやしたぜ」

と、走り込んで来た。

「もう一度だ。こいつらも自身番に引くぞ」

小谷は差配した。

女中二人に小僧も二人いた。それらに縄はかけなかったが一緒に連行し、無人となった鳴海屋には捕方二人を残した。

あるじの征五郎は縄をかけられてもなお、

「こ、こんなことをなすって、ただでは済みませんぞ」

などと強気を吐いていたが、手足に使った与太三人も一網打尽とあっては、これまでの所業が洗い出されることは必至だ。顔面は、蒼白になっていた。

番頭の唐八も、当初こそ、

「これ、このとおり、手前どもは証文どおりの商いをやっているだけですよう一っ」

哀願するように言っていたが、思いもよらぬ打込みに、表情は蒼ざめていた。

与太ども二人は苦痛に顔をゆがめ、路上で捕えられた一人は当初わけが分からぬといった表情だったが、仲間が手負いで引かれ、あるじと番頭までが縄付きになったとあっては、奉行所の決意にやはり蒼ざめた。遊び仲間から聞く牢問の激しさに、身震いせざるを得ない。

これからが小谷と鬼助にとって、別々の思いながら正念場《しょうねんば》である。とくに鬼助は、ここをどう切り抜けるか、まだ思いは定まっていない。

どの町の自身番も、町役《ちょうやく》たちが詰める六畳ばかりの畳部屋と、奥に町で捕えた不審な者を暫時《ざんじ》留めおく四畳半ほどの板の間しかない。死体を土間に置き、四畳半ほどの板の間に九人も置いておけない。

捕方一人が南町奉行所に走り、同心二人が十人ほどの捕方を引き連れ駈けつけてから、征五郎、唐八、与太三人を茅場町《かやばちょう》の大番屋に引いた。八丁堀のすぐ近くで、小伝馬町の牢屋敷同様、牢問の諸道具がそろっている。骨を砕かれた与太二人も縄をかけ歩かせた。もちろん、鳴海屋の書付や証文類はすべて押収した。

女中二人と小僧二人は引かなかったが、質《ただ》したいこともある。しばらく町内預かりとした。

一行が赤坂の自身番を出るときだった。小谷は鬼助と市左に言った。

「おめえら、帰《けえ》ってもいいぞ。ただし、ここ数日が山場だ。証人になってもらうかもしれねえから、どこにも出ず伝馬町でおとなしくしておれ。とくに鬼助、おめえにはそこに転がっている浪人を打ち殺した経緯《いきさつ》も訊かねばならんからなあ」

「へえ、それはもう」

鬼助は返した。内心、ホッとするものがあった。捕方たちと一緒に五人も縄尻を取って進む一行に加わったのでは、隠れ岡っ引でなくなってしまう。一行に同行したのは千太だけだった。

鬼助と市左は、東海道に出る小谷たちの一行と別れ、赤坂御門から外濠城内に入った。太陽はちょうど中天にさしかかろうとしていた。

白壁と重厚な武家屋敷の門がならぶ往還に歩を拾いながら、

「兄イ。あの浪人、いってえ何者なんでえ。そいつなんですかい、与太どもと政吉を襲って骨を打ち砕いたってのは」

「ふむ」

「それで殺《や》っちまったのかい。ぶるるる」

「………」

「だったら、なんで兄イ一人で行ったのだい。それに、なんで居場所が分かったのだい」

「ふむ」

「兄イ！」

反応のないことに、めずらしく市左は苛立《いらだ》ち、大きな声になった。外濠城内の武家地に人通りはなく、ふり返る者はいない。

さっきあとにした赤坂では、鳴海屋の近辺で、

「やっぱり鳴海屋、陰で悪戯《わるさ》をしていたのねえ」

「胡散臭《うさんくさ》いやつらが出入りしていたからなあ」

と、住人たちがうわさし、牛鳴坂上では、

「いやあ、驚いたのなんのって。まだ心ノ臓がどきどきしてらあ」

突然、斬り合いが始まり、職人姿の木刀が真剣の浪人を打ち殺したのだ。

「あの職人さん、岡っ引かもしれないねえ。お役人にあの浪人を、鳴海屋の用心棒だって言ってたから」

「浪人といやあ、ひょっとしたら赤穂の浪人さんかねえ」

「てやんでえ。赤穂の浪人さんが、町人の木刀相手に負けたりするかい」

などと話していた。

真剣対木刀で、特異な戦いだった。しばらく牛鳴坂の決闘はうわさになるだろう。

鬼助が最も警戒する声である。

伝馬町の棲家に帰ってからも、

「兄イ。いってえ、どうしたってんだよう」

と、市左は鬼助のふさぎ込んだようすが気になってならない。鬼助が牛鳴坂上の浪人と決闘に至ったのが、鳴海屋に関連してのことと分かっても、その経緯がまったく分からない。なにやら、疎外されているような感じもする。

「鳴海屋の前でちらと見かけてよ、どうも気になるのであとを尾けたら案の定で、ああいうことになっちまった」

鬼助は応えた。幾度も訊いた結果がこれでは、市左のとうてい納得できるところではない。だが鬼助は、

「小谷の旦那に言われているからなあ。ここ数日、どこへも出るなってよ」

と、棲家の畳の上でごろりと横になり、ぽつりと言った。

「茅場町の大番屋さ。牢問、進んでいるかなあ」

「そりゃあまあ。小谷の旦那、そんな勢いだったからよ」

市左は不満そうに返した。

それは進んでいた。

鬼助の念頭にあるのは、あの伊田浅之助が鳴海屋の征五郎や唐八に、

『それがし、元浅野家の家臣でござった』

と、話しているかどうかであった。

当然、小谷は牢問のなかで牛鳴坂の浪人が鳴海屋の用心棒だったかどうか、問い詰めるはずだ。鬼助のためでもある。用心棒だったなら、鬼助は生け捕りにできなかったものの手柄になる。違っていたら、単なる私闘のうえでの殺しとして、なんと小谷が鬼助に縄をかけなければならない。そこを糺《ただ》すのに、白状するまで悲鳴のなかに石

板を膝に乗せつづけるだろう。

用心棒だったと認めたなら、つぎに問うのは浪人の名と出自《しゅつじ》である。

「うーむ」

鬼助のほうがうなり声を上げた。なにか証言があれば、千太が呼びに来るはずだ。

夕刻近く、お島が行商から帰って来た。きょうは見倒しの種になるようなうわさはなかったか、鬼助たちの縁側の前を通り過ぎようとした。

「おう、お島さん。待ちねえ」

鬼助が縁側から声をかけた。

「おっ、お島さんかい」

と、市左も縁側に出てきた。

お島は立ちどまり、

「きょうはなんもありませんよう。あたしの小間物も、さほど売れなかったし」

言って奥へ戻ろうとするのを、

「待ちねえ。赤坂のほうから」

「よしな」

問いかけた市左を鬼助は制した。もし、牛鳴坂の決闘がお島の耳に入っていたなら、帰るなりまっさきに話すだろう。ところがなにも言わない。外を出歩いているお島の耳にも入っていないとなると、うわさはまだ赤坂界隈にとどまり、外へはながれ出ていないようだ。

お島の背を見送り、

「鳴海屋の捕物よ、俺たち知らねえことにしておこうぜ」

「えっ、兄イの働きがきっかけになってんだぜ。しかも与太じゃなく、さむらい相手に命がけでよ」

「市どん、俺たちゃあ隠れなんだぜ。赤坂じゃ目立っちまったが、さいわい俺たちの素性は知られていねえ。こっちでも、知られちゃならねえ」

「まあ、そうだがよう。短《みじけ》え木刀で長《なげ》え真剣を打ち負かしたんだぜ。こんなすげえこと、滅多にねえぜ。ほんとに伏せてていいのかい」

「あゝ。俺たちゃあくまで隠れでいなきゃならねえ。そうじゃねえと市どん、見倒屋はできなくなるぜ」

「そりゃ、まあそうだが」

市左は不満げにうなずいた。

その日、鬼助は待ったが茅場町から千太が駈け込んでくることはなかった。だが、牢問は進んでいた。

四

番頭の唐八以外は、ひと晩中、牢内でうなっていた。あるじの征五郎と与太一人は竹刀で打たれ、吊るされ、気絶すれば水をかけられてまた打たれ、そうとう痛めつけられている。とくに肋骨と鎖骨を砕かれた与太二人は悲惨だった。さすがに天井の梁から吊るされはしなかったが鞭《むち》で打たれ、医者が呼ばれたのは白状に及び、吟味が終わった夕刻近くだった。

唐八がほとんど痛めつけられていなかったのは、うしろ手に縛られて莚《むしろ》に引き据えられ、竹刀で数度打たれると、

「——話しますう、喋りまするう」

と、早々にすべてを吐いたからだった。

一夜明けたきょうは帳簿と証文の照らし合わせがおこなわれ、さらに被害者を呼んで直接裏を取ることになるだろう。

千太が、

「鬼助の兄イ」

と、伝馬町の棲家に駈け込んだのは、その日の太陽がそろそろ中天にかかろうかといった時分だった。

「なんでえ、兄イだけかい」

小谷からお呼びがかかったのが鬼助だけだったことに、

「ま、しょうがねえや。用心棒の浪人を殺《や》ったのも、逃げ出そうとした与太を打ち据えたのも兄イだからなあ」

と、それでも市左は不満顔だった。

鬼助は小谷から声のかかるのを待っていた。

「すまねえ、市どん」

玄関を飛び出し、

「千、行くぞ」

「へえ」

千太より早く小走りになった。職人姿で木刀を腰の背に差し込んでいる。

神田の大通りに出て日本橋に向かい、渡ってからすぐ江戸湾側になる東方向に向かえば茅場町で、その南どなりが八丁堀である。

大番屋に着くと、

「おう、来たか」

と、小谷は待っていて、すぐ奥の板敷きで殺風景な部屋に招じ入れられた。千太は外に出され、部屋の中は小谷と鬼助の二人だけとなった。ともに胡坐居になり、

「おめえ、お手柄だったなあ、私闘の殺しにはならねえ。間違《まちげ》えなく鳴海屋の用心棒だった、伊田浅之助よ」

「うっ」

小谷が伊田の名を挙げたことに鬼助は一瞬低い声を上げ、

「話してくだせえ、伊田浅之助について、征五郎や唐八はどこまで話したか」

「すっかり話したぜ、浅野家の馬廻《うままわり》で、鳴海屋はそれを承知で雇ったらしい。腕も相当立ったらしいなあ。それを脇差寸法の木刀で打ち殺すたあ、さすが安兵衛どのに仕込まれただけのことはある」

やはり伊田は、浅野遺臣であることを隠していなかった。

「…………」

鬼助は無言で小谷を見つめ、つぎの言葉を待った。

小谷も鬼助の表情を量《はか》るように見つめ、言った。

「おめえがいつ伊田浅之助に気づいたかは知らねえ。すでに結果が出たいま、そこはもう質《ただ》さねえ。おめえが市左も千太も連れず、一人で牛鳴坂上に行ったのも分かるような気がすらあ」

「………」

鬼助はなおも喰い入るように、小谷の表情を見つめている。

小谷はつづけた。

「だがな、これだけは聞かせろ。おめえ、端《はな》から伊田を葬《ほうむ》る算段だったのかい。木刀で真剣を殺《や》るなんざ、相応の覚悟がなきゃあできることじゃねえ。それともおめえ、まさか逃がすつもりだったのじゃ……」

「なりゆきでござんした」

鬼助はぽつりと言った。

そこに間違いはない。逃がそうとの気があったのも、また事実である。

「弾《はず》みで、ことの弾みで、ああなっちまったので」

「そうか。なりゆきの弾みでなあ。ふむ」

小谷は得心したようにうなずいた。

こんどは鬼助のほうから訊いた。

「で、そのことを奉行所は、どこまでおもてに……」

「鳴海屋の件に関し、最初の控帳《ひかえちょう》を記《しる》すのは俺だ。おめえも知っているだろう。あとは小伝馬町の牢屋敷に送り、それから奉行所のお白洲《しらす》で、控帳に記されていることに相違ないかどうか、裁許が下されることになる。それが御留書《おとどめがき》となって奉行所に保管される」

鬼助は無言のままうなずき、小谷はつづけた。

「お白洲でなあ、最初の控帳の内容がくつがえされることはまずない」

「はい」

「俺はその控帳に、赤穂の文字も浅野の字句も記《しる》しておらん。鳴海屋もなあ、浅野家臣だから、赤穂浪人だからといって、伊田浅之助を用心棒に雇ったのではない。ただ単に、腕が立つからだ。番頭の唐八もそう言うておった。まあ、考えてもみろ。用心棒を一人雇うのに、以前仕えていた主家になんの関係がある」

理屈はそのとおりである。だが巷間《こうかん》では、城をすんなり明け渡した赤穂のさむらいたちが、このまま世に埋もれるのか、政道を糺すために起《た》つのか、期待のこもった目で見ている。そこへいかなる事件であれ赤穂浪人の名が出れば、世間の耳目《じもく》を集めるのは必至だ。それが伊田浅之助であったなら、赤穂浪人に対する負の印象が諸人《もろびと》に植えつけられることになる。

「ふふふ」

小谷は含み笑いを浮かべ、

「お奉行の松前伊豆守さまが浅野家臣団に同情的なら、そこはよう心得ておいでのはずじゃ。つまり裁許の場でも、俺が控帳に記しておらん文言《もんごん》を、わざわざ口にされることはないだろう。むろん、与力のお方らもなあ」

「小谷さん」

鬼助は思わず上体を前にかたむけ、小谷を凝視した。

小谷も鬼助を見つめ、

「あははは。おめえ、伊田浅之助なる浪人者を生け捕りにせず、よう討ち果たしたものだなあ」

声は笑っても、顔は真剣だった。

その顔のまま、小谷はさらにつづけた。

「やつら、おめえが伊田浅之助を殺《や》っちまったおかげで、かえって喜んでおった」

と、町奉行所同心の、本来の役務に入った。

「明神下金沢町の政吉のように、甘言《かんげん》で金を貸しつけ、そのあと襲って払えねえような体にして娘を連れて行くといった非道《ひで》えやり方なあ。ほかにもやってやがったぞ」

「そんなら、市どんと捕方のお人が唐八を尾けた、神田鍛冶町の八百屋も」

「それればかりじゃねえ。睨んでいたとおり、ずっと前《めえ》から、やつらが吐いた分だけでも指の数じゃ足りねえほどだ。神田祭や山王祭が、やつらにとっちゃいい稼ぎどきだったってわけよ。前もって娘のある町家に目串を刺しておいて、巧みに持ちかけていたって寸法よ」

「許せねえ」

「そうさ、許せねえ」

「で、伊田はいつごろから」

「それよ、俺が許せねえってのは」

「と、申しやすと」

「数年前から、襲う役はあの与太三人でやってやがったらしい。ところが素人じゃっい勢い余って、命まで取っちまったのが何回かあるらしい」

「殺しを！」

「そうさ。そこで殺さねえようにと雇ったのが、伊田浅之助だったってわけよ。その成果がほれ、政吉の骨ってわけさ。鍛冶町の八百屋もたぶんその口だろう。それをやつらは、以前の殺しまで伊田浅之助になすりつけようとしてやがる」

「浅野家改易は半年前でやすが」

「そうよ。やつら、そんな算術もできねえくらい、気が動転してやがる。ともかく死罪を免れたい一心だろうが、直接手を下していねえ征五郎も、死罪は免れねえだろうよ。唐八は微妙なところだが」

「そんなら、伊田さまは」

「そう、殺しはやっちゃいねえ。だがな、おめえが殺らなかったらやつめ、生き恥をさらすことになってたろうよ。しかも赤穂の名を背負ってだ」

「ならば、あっしの一撃は」

「やつのためだったってことにならあ。そやつの死後に赤穂の名が出ねえようにするのは、元浅野家のお人らの存念に加担するのじゃねえ。必要ねえからだ」

「小谷さま」

鬼助は、〝さま〟をつけて称《よ》んだ。

「おっと、それからなあ、これまでやつらに引っかかった人らを大番屋《ここ》へ呼んで裏を取らなきゃならねえ。その手筈はいま奉行所の者がやっておる。だが、まだ寝込んでいる政吉を呼ぶわけにはいかねえ。鍛冶町の八百屋もだ。これは俺が行かなきゃならねえ。あしただ。どうだ、つき合うか」

「いえ、とんでもありやせん」

「そうだな、おめえらは隠れだからなあ。ま、千太を連れて行かあ」

「へえ。申しわけありやせん」

鬼助は返し、あとはもうすべて小谷に任せて大丈夫との思いになった。小谷が明神下に行って、また松井仁太夫の不破数右衛門に会っても問題はないだろう。赤穂が話題になることはないのだ。

「きょうおめえを呼んだのは、これを告げるためだった。伊田浅之助は捕物最中に抗《あらが》ったので殺してしまった。お白洲では名前だけの罪人ということになるが、なあに、捕物にはよくあることよ。こたびはおめえら、ほんとうによくやってくれた。市左にも俺が礼を言うておったと伝えてくれ。あとは、お白洲での裁許を待て」

「へえ」

「さあて、あと十日もありゃあ幕は降りようよ」

小谷はまだやるべきことが山積みしている。胡坐居のまま両手を左右に大きく伸ばし、腰を上げた。

鬼助の胸中でも、政吉がいつ仕事に復帰できるか気にもなるし、これにて一件落着ではなかった。

帰りの足取りは重かった。市左のことだ。帰ればまた訊くだろう。牛鳴坂上の件、ありゃあなんだったんだい、と。

いつの間にか、日本橋も奈美のいる磯幸の前も過ぎ、神田の大通りに入っていた。

「おう、わるい、わるい」

いずれのお店《たな》の小僧さんか、肩に背負った大きな風呂敷包みに鬼助はうしろからぶつかった。相変わらず人通りが多い。

ようやく棲家に戻り、玄関の腰高障子を開けるなり、

「おう、兄イ。待ってたぜ」

奥から市左が走り出て来て、

「小谷の旦那、どんな話だったい。鳴海屋の連中、なにもかも吐いたかい」

「あゝ、旦那が市どんにも礼を言っておいてくれとなあ」

言いながら、奥の居間に入った。障子を閉めても、部屋の中はまだ明るい。

向かい合い、胡坐居に腰を据えるなり、

「……で？」

「やつら、全部吐いたようだ。明神下で政吉を襲ったのもやつらよ。鍛冶町の八百屋もそうで、ずっとめえから、もう幾件もあるらしい。殺しもなあ」

「えゝえ！」

鬼助が大番屋での概略を話したのへ市左は驚き、

「それで、牛鳴坂上の、あの浪人は？　間違えなく鳴海屋に関わっていた……？」

やはり訊いてきた。目は鬼助を凝視している。

「あゝ、用心棒だった」

鬼助はつとめてさらりと言い、

「俺があの茶店の縁台に出ているときだった。鳴海屋から出て来るのをちらと見かけてな、はて？　と思ってあとを尾け、居場所を突きとめておいたのよ」

「ふむふむ」

市左は聞き入っている。

「それできのう、さて仕掛けるというとき、やはり気になって、事前に確かめておこうと……。それでおめえと千太にあとを頼んで、ちょいと出かけたって寸法よ」

嘘を言っているのではない。だが、肝心なところが抜けている。市左はそこを突いた。

「だったらよ、兄イ、訊いていいかい」

「あゝ」

「そんな大事《でえじ》なこと、なんで俺たちに言わず出かけたのよ。しかもよ、その浪人者の長屋で、木刀なんかで本物の段平《だんぴら》とやり合ってよ。いま思っても心ノ臓が止まりそうだ。まかり間違えば、兄イが殺られていたかもしれねえんだぜ」

「市どんよ」

鬼助は市左の目を見た。

「もしもなあ、その浪人が浅野家の者だったならどうする」

「うっ」

「俺がちらと見かけて気になったのは、そこなんだ。それを確かめにきのう、与太どもへ仕掛けるめえに行ったと思ってくれ」

「あゝ、思った」

「案の定だったのよ。鳴海屋の用心棒をしていたこともなあ」

「す、すりゃあ、まっことですかい、赤穂のご浪人さんが!?」

市左は驚愕し、

「おなじ用心棒でも、不破の旦那とは、えれえ違《ちげ》えですぜ」

「そうさ。だからつい、ああいう仕儀になってしもうたのよ。小谷の旦那が俺を呼んだのも、それを確かめるためだった」

「兄イ」

「分かってくれるかい。このこと、奉行所の控帳にも、御留書にも載せねえって、小谷の旦那は言ってくだすった」

「ふむ」

市左はうなずいた。

（浅野家……合力はしても、踏み込んではならねえ分野……）

市左は解し、心得ている。

そのようすに、鬼助はようやく肩の力を抜いた。

五

小谷は〝十日もありゃあ〟と言っていた。小谷同心のようすから、奉行所全体の意気込みが見えてくる。半端な処置ではなく、断固たる処断が下されるだろう。だが鬼助にとって、それで鳴海屋の件が落着したとはまだ言えなかった。

（どうしたらいいのだ）

と、鬼助の脳裡に、新たな悩みが生じていた。

その悩みを紛らわすためでもないが、伝馬町の棲家に、見倒屋としての仕事が持ち込まれた。

翌日だった。夕刻近くにお島が、よっこらしょっと背中の荷を縁側に下ろし、出てきた鬼助と市左に話しはじめた。

きょう神田明神下で、小谷同心を見かけたという。千太が一緒だったらしい。旅籠町の孝兵衛店の路地に入ったという。ほどなく松井仁太夫と一緒に出てきたので、

「——あらあら、旦那方。奇妙な組み合わせで、そろってどちらへ」

お島は声をかけた。

「それがさあ、金沢町の政吉さんのところだって言うじゃないか。ほんとにそうだったよ」

鬼助にも市左にも、即座に用件は分かった。政吉にとって悔しさ百倍になる衝撃的な話をするのに、かねてから気にかけていた松井仁太夫と一緒に行くとは、小谷も味なことをするものである。骨折の重傷は仕組まれたものだったなど、政吉は怒り狂うだろう。

「あたしゃお二人が帰ってから、すぐ飛び込んださ。いえいえ、野次馬じゃないですよ。あそこのおフクさんも、娘のアキちゃんもナオちゃんも、あたしのお得意さんだからねえ」

と、お島はつづけた。看病におフクとナオがいたらしい。政吉は起き上がっており、そろそろ歩行の修練をする時期に入っていた。なるほど、真相を聞いて憤激のあまり長屋を飛び出そうとする政吉をなだめ、これから幾日か頭に上《のぼ》った血が鎮まるまで見張っておくためにも、松井仁太夫が必要だったわけだ。

「いやあ、驚いたよ。おフクさんもナオちゃんも愕然《がくぜん》として、政吉さんは顔をまっ赤にして話すのさ。ほんと許せないよ、そんな悪党ども。みんな磔《はりつけ》にしてやればいいんだ」

と、小谷が政吉に語ったであろう話に、お島も憤りを見せた。

これからしばらく、松井仁太夫の不破数右衛門は、政吉から目が離せないだろう。歩行は医者の指示どおりに修練しないと、勝手に動いたのでは元に戻らなくなる場合もある。固定していた腕も、まだ曲げ伸ばしの修練が必要なのだ。

見倒屋としての仕事とは、そこに鬼助や市左が合力するというのではない。

その翌日だった。夕刻にはまだいくらか間があるといった時分、お島が、

「ちょいと市さんに鬼助さん」

と、縁側から声を入れた。

二人は、またお島が夜逃げか駆落ち者の話を仕入れてきたかと縁側に出た。ところがお島は申しわけなさそうに、行李を背負ったまま路地に立っている。

「どうしたい。きょうは早《はえ》えじゃねえか。荷をはずして……」

市左は言いかけ、

「あっ、おめえ」

お島のうしろに若い男が一人立っているのに気づき、鬼助も、

「あれ？　あんた、確か……」

と、気づいた。

「へえ。あの節は、お世話になりました」

男はぴょこりと頭を下げた。

「いえね、実はね……」

お島は語りはじめ、男はそのうしろでバツの悪そうに立っている。

その者、数日前に市左たちが見倒した筆墨屋の手代だった。

夜逃げはしたものの行くあてもなく、木賃宿《きちんやど》を転々としているうちに後悔の念に苛《さいな》

まれ、思い切って店に戻り侘《わ》びを入れたというのだ。さいわい、そのとき持ち出した筆や墨はまだ金に換えていなかった。見倒せば利鞘が稼げそうな物《ぶつ》だったが、それをやれば窩主買《けいずがい》になるので引き取らなかったあの品である。

筆墨屋のあるじはその品々を前にため息をつき、店の金を持ちだして買ったという着物を見せろ、とお店《たな》復帰に条件をつけたらしい。金を飲み喰いや女に使ったのではないという証《あかし》を立てねばならないのだ。

ところが着物は見倒屋に売ってしまった。その見倒屋の塒《ねぐら》は分からない。困り果てた手代は、口利きをした小間物行商のお島を找《さが》した。お島の立ちまわりそうな神田界隈を徘徊《はいかい》し、ようやくきょう見つけ、

「それで話を聞き、連れて来たのさあ。あの着物、まだあるかねえ」

「ばっか野郎！」

お島が申しわけなさそうに言ったのへ、市左は手代を怒鳴りつけた。

「へえ」

と、手代はまったく恐縮の態《てい》である。

「どうする、市どん」

鬼助は市左の横顔に視線を向けた。浅野家に関わることなら鬼助が中心だが、見倒

屋稼業では市左が主導している。

手代も哀願するように市左を見つめている。

「どうするったって、あの着物、もう土手にながしてしまっているぜ」

「はあーっ」

それを聞くなり手代は全身の力が抜けたか、よろよろと崩れ落ちそうになり、

「なんとかならないかねえ」

と、お島がその腕を支えた。お島は知らぬふりをすればそれですむものを、手代をわざわざ棲家《ここ》まで連れて来た。その面倒見のよさに市左は感じたか、

「よし！　兄イ、急ごうぜ」

「急ぐって、どこへ」

「決まってるじゃねえか、柳原《やなぎわら》さ。あの上物《じようもの》だ、まだあるかもしれねえ」

「おっ、そうか」

言うなり二人は縁側に大きな足音を立て、玄関に急いだ。

手代もお島も外から玄関に向かった。

市左と鬼助が雪駄をつっかけ、玄関から飛び出した。しおれていた手代は、

「お願いします」

高揚した声で言う。

「土手は日の入りが店仕舞いだ。おう、お島さん。留守を頼むぜ。雨戸を閉めている暇がねえ」

「ん、もう」

お島は言ったものの、

「さ、急いで！」

三人の背を期待するように見送った。

急いだ。お島の説明を聞くのにかなり時間がかかったが、まだ陽は沈んでいない。

「あっ、木刀を忘れた」

「そんなの、これからの応酬《やりとり》に必要ねえ」

鬼助が走りながら言ったのへ市左は返した。

まだ間に合いそうだ。

走りながら鬼助は、

（この男気、やはり市どん、並の見倒屋じゃねえ）

思いを強めていた。

柳原土手に着いた。日の入り寸前だった。

「ふーっ」

手代が息をついた。

「馬鹿野郎、安心するのはまだ早えぜ」

「へえ」

また市左が怒鳴り、手代は恐縮の態《てい》になった。

土手の往還では、買い物客やそぞろ歩きの者がまばらになり、品をかたづけはじめた店もある。

「急ごうぜ」

「おう」

仕舞いかけた土手に、市左は急ぎ、鬼助と手代がそれにつづいた。

上物だっただけに、柳原土手では大振りといえる常店の古着屋に卸していた。

息せき切って飛び込んで来た市左にあるじは、

「おっ、市の兄弟《きょうでえ》、どうしたい。あ、鬼助さんも」

驚いたように言う。

「すまねえ、聞いてくれ」

市左はさっそく交渉に入った。それはまだあった。上物だったからだろう。

「なに、返してくれ？」

当然、あるじは渋面《じゅうめん》をつくる。無理もない。上物で袖を一回しか通していないとなれば、見倒屋にも古着屋にも利鞘の稼げる物《ぶつ》である。

「お願いします」

手代は哀願する。

応酬のつづいているところへ、

「なにを揉めてるんでえ。おっ、鬼助どんも一緒かい」

と、一帯を仕切っている土手の八兵衛こと柳原の八郎兵衛が顔を出した。代貸《だいがし》の甚《じん》八《ぱち》と若い衆一人をともなっている。仕舞いかけた縄張の見まわりである。普段は甚八が若い衆を連れて見まわっているのだが、きょうは八兵衛じきじきにまわっていたのが、市左たちには幸運だった。なにしろ八兵衛は、鬼助の木刀さばきに〝只者じゃねえ〟と一目《いちもく》置いているのだ。

理由《わけ》を聞いて八兵衛は、

「そりゃあ無理な話だが、まあ、こちらの若えお店者《たなもの》の兄さんにも将来がありなさろう。一回の祭でそれを棒にふっちゃあ気の毒だ。それに鬼助どんもいることだし」

と、仲裁に入った。

「まあ、親分がそう言いなさるのなら」

と、古着屋のあるじは折れ、話はまとまった。

だが、着物が最初の売り買いの値で手代に戻るわけではない。それに、古着屋のつけた値で買い取る金も手代にはない。手代が古着屋に損料《そんりょう》を払い、市左が請人《うけにん》になり、二日間だけ着物を古着屋から借りるということで落ち着いたのだ。それでも手代はまだ新しい着物を胸にかき抱《いだ》き、涙を流さんばかりに喜んだ。

手代は土手から直接、筆墨屋の店に急ぐように帰り、鬼助たちは伝馬町の棲家に戻った。

すでに薄暗くなりかけていたが、お島が雨戸を閉めずまだ留守居をしていた。結果を聞いたお島は、

「ふーっ」

と、安堵の息をついた。

「あと二人いたなあ。お島さんの口利きで、勘当されたどら息子と三味線の女師匠を見倒したが、そっちは後腐《あとくさ》れねえだろうなあ」

「知りませんよう、そんなこと」

市左が言ったのへ、お島は返した。

翌日、午過《ひるす》ぎだった。手代が着物を返しに伝馬町に来た。小谷から〝しばらく外出するな〟と言われている。朝から大の男が二人、居間や縁側でごろごろしていた。手代は胡坐《あぐら》の市左と鬼助の前に端座し、

「これで旦那さまに、赦《ゆる》してもらえました」

と、畳に両手をついた。

筆墨屋のあるじは、手代の持って来た着物を前に言ったという。

「——なるほど、祭に合いそうな着物です。神田囃子《ばやし》に浮かれてつい手を出してしまったのは仕方のないことです。二年に一度の神田祭なのですからねえ」

みょうな理屈だが、祭だから許せるのだ。ちなみに、その手代が奉公する筆墨屋は、神田明神のすぐ北側にある、湯島天神《ゆしまてんじん》の裏手の湯島切通町《きりどおしちょう》だった。

もちろん、

「——一度切りですよ」

強く釘を刺されたという。

市左が手代と一緒に、柳原土手へ着物を返しに行った。もし市左があのとき、筆や墨も儲かりそうだからと引き取っていたなら、いまの手代はなかっただろう。

「あーぁ、あの高価そうな筆や墨、儲けそこなっちまったぜ、まったく」

と、戻って来た市左に鬼助は言った。

「市どん。見倒屋ってえ稼業、ますますおもしろく思えてきたぜ」

「そうですかい」

市左は、ごろりと横になった。

六

まだ小谷の言った十日が過ぎていない。

「兄イ。まだなにか引きずっているのかい」

市左が言った。ときどき、鬼助が考え込むように無口になるのだ。

「まあ、ちょいと。牛鳴坂上のことを、な」

「弾みだったんだろう？」

鬼助の応えたのへ、市左はいたわるように返した。市左は、不逞《ふてい》に落ちた者とはいえ、元浅野家の人ひとり殺《あや》めたことを鬼助は気に病んでいると思った。

もちろん、それもある。

だが、鬼助の新たな悩みは、そのような人なみなことではなかった。

「市どん、ちょいと出かけてくらあ」

「また一人でかい」

「あゝ」

と、鬼助は職人姿で木刀を腰にふらりと外に出た。まだ、朝のうちである。赤坂で茶店から鳴海屋を見張っていたとき、一人でふらりと牛鳴坂上に出かけたときのようすに似ている。

それがなにやら浅野家に関わりのありそうなこととなると、市左は遠慮してしつこく質《ただ》せない。それに、また鬼助が木刀さばきを見せなければならないような事案は、いまのところない。鳴海屋の一件は、罪状は明らかで物証集めの最中にあり、まったく奉行所の手に移っているのだ。

「さようですかい。気をつけて」

市左は居間に寝ころがったまま見送った。

外に出た。

足は、神田の大通りとは逆の、東方向に向かった。両国広小路のほうだ。両国橋の手前なら米沢町で堀部弥兵衛の浪宅があり、渡れば本所三ツ目の安兵衛の道場だ。

その二カ所とも、行き先として鬼助の念頭にあった。

足取りは重かった。まだ迷っているのだ。どちらを先に、などではない。

（知らせるべきか否《いな》か）

である。もちろん、伊田浅之助の一件だ。

そのような者が元浅野家臣にいたことを知らせれば、弥兵衛も安兵衛も高田郡兵衛も、さらに毛利小平太ら道場の面々にも、余計なことで気を悩ませることになる。松井仁太夫の不破数右衛門にも、このことは話していない。小谷も話していないだろう。言う必要がないのだ。

安兵衛や郡兵衛らが、吉良上野介の駕籠を襲おうとしたことを、弥兵衛は瑤泉院の耳に入れないよう配慮した。

――お心を悩ませまいらせることになるばかりじゃ

それが理由だった。

（倣《なら》うべきか。倣って浪士の方々の心を乱すのを防ぐべきか）

だが、元浅野家臣の件で、不逞といえど、

（黙っていてよいのか）

鬼助の胸中は揺れている。

歩む足に、雪駄が重く地を引いている。

さらに胸中には、

(中間の俺が、士分のお人を殺してしまった)

それを安兵衛らに、なんと話せばよいのか。しかも伊田浅之助は、安兵衛の配下の者だったのだ。理由はともあれ、それを堀部家の元中間が殺した。弥兵衛も安兵衛も、なんと聞くだろう。

そこにも鬼助の悩みはあった。

重い足は、両国広小路に近づいた。

どちらにするか、早く決めねばならない。

広小路のいつもの喧騒が聞こえてきた。

鬼助の足は止まった。

ゆっくりと向きを変えた。

決めたのだ。

(瑤泉院さまに対する、弥兵衛さまでいこう)

――浪士の方々の、気を乱さず
足は引き返すかたちになったが、伝馬町の棲家に向かってはいなかった。

小谷が知っているとはいえ、鬼助も一切口外せず自分一人の胸に収めておくには、コトは大きすぎた。

大伝馬町の通りから神田の大通りに出ると、足は日本橋のほうに向かった。橋の手前、磯幸の奈美である。

わざわざ、伊田浅之助の件だけを話しに行くのではない。

吉良の駕籠襲撃の一件が落着したとき、鬼助は奈美に、不破数右衛門と組んで悪徳女衒《ぜげん》の罠《わな》にはまった姉妹二人を救おうとしていることを話した。

「——きっと、救ってあげてくださいね」

奈美は言った。

まだお白洲での裁許は下りていないものの、すでに救ったも同然となっている。それをまだ報告していない。

(それを話しておかなきゃ)

と、思ったのである。

詳しく話せば、用心棒の箇所を避けて通るわけにはいかない。アキとナオの父親を死なさぬように襲ったのは伊田浅之助なのだ。

まだ午前《ひるまえ》だ。日本橋の手前で脇道に入り、裏手の勝手口にまわった。見越しの松の枝が伐《き》られていた。以前、小谷が来たとき、裏庭から往還まで伸びている松の枝を見て、風流よりも盗賊が枝に飛びつけば容易に中へ入れると指摘した枝だ。

訪《おとな》いを入れると、奈美が直接出てきて、

「まあ、鬼助さん。その後、本所三ツ目の皆さまは息災ですか」

と、自分の部屋に招じ入れた。お茶も出す。

奈美は鬼助より十歳ほど若い二十五歳だが、鬼助にとっては元上屋敷の奥女中である。どうも固くなり、二人きりだとなおさらで、

「どうぞ、足をくずしてくださいまし」

奈美に言われ、ようやく胡坐居になり、

「まあ、息災でやすが、吉良さまの駕籠のことよりも、ほれ、このめえ話した悪徳女衒のことでさあ」

話すと、

「あの話、どうなりました？」

と、奈美は熱心に聞いた。

途中、

「まあ！」

「そのようなことが」

と、幾度も相槌を入れ、鳴海屋から牛鳴坂上の段になると、

「さようなことを！」

驚き、それが元浅野家臣であったことには、伊田浅之助と面識はなかったものの、

「ゆ、許せませぬ！」

膝の上で拳《こぶし》を握りしめた。

聞き終えた奈美は、奉行所でいま吟味が進んでいることよりも、

「鬼助さん、ほんとうになりゆきでしたか」

と、牛鳴坂上での件を質《ただ》した。奈美も薙刀《なぎなた》の達人であり、木刀を握ってもなかなかの腕である。

「そう言われりゃあ、許せねえ気持ちはありやした。殺意、か。なかったと言やあ、嘘になるかもしれやせん」

「どの時点で、殺意を……」

と、奈美は膝を乗り出した。

「うっ」

鬼助はうめき、

「それは………」

しばし答えを找《さが》すよりも、みずからをふり返り、

「逃げるよう話しやしたが、やつは俺を〝猪口才な〟と見くびり、打ちかかって来たそのとき。そう、そのときでやした。こやつ、生かしておけぬ、と。いま思えば、あれが殺意を感じたときだったのか」

あとの部分は、独り言のような言いようになっていた。

奈美は言った。

「そう、それが殺意です」

「えっ」

鬼助は奈美の顔を見つめた。美形で、きりりと締まった表情である。その表情を変えることなく、

「鬼助さん」

と、奈美は鬼助を見つめ、

「みずからの危険もかえりみず、よくぞ決断なされた。瑤泉院さまや堀部さまたちの存念を思えば、伊田浅之助なる家士、生きていてはならぬ者です」

躊躇《ちゅうちょ》のない、明瞭な口調だった。

「奈美さん」

鬼助はあらためて奈美を見つめた。奈美はその視線へ応じるように言った。

「お話ではさいわい、伊田浅之助の件はまだ堀部さまや道場の方々に伝わっておりませぬような」

「いかにも」

鬼助は武士言葉で応えた。

「伏せましょう。わたくしも戸田のお局《つぼね》さまには内緒にいたします。瑤泉院さまや堀部さまらのお心を悩ませまいらせせぬために」

「もとより」

鬼助はうなずきを返した。

帰り、奈美はおだやかな表情にもどり、勝手口の外まで鬼助を見送った。

往来人や大八車の行き交う神田の大通りに歩を拾いながら、

(奈美さんがもし男だったら、あのとき弥兵衛さまの意を体するよりも、安兵衛さまや数右衛門さまらと一緒に、吉良の駕籠に斬り込んでいたかもしれねえ)

思われてきた。

誰にも話せなかった伊田浅之助の件を奈美に話したことで、心のつかえが取れた思いになった。それに奈美と、秘密を共有することにもなったのだ。

「ちょいと、くすぐったいぜ」

荷馬とすれ違ったとき、独《ひと》りつぶやいた。


小谷の言っていた十日が過ぎ、さらに二日ほどを経た日の午過《ひるす》ぎだった。

「鬼助と市左の兄イたち、いなさるかい」

と、千太が伝馬町の棲家の玄関に訪《おとな》いを入れ、すぐつづいて、

「いるようだな。縁側にまわるぞ」

声は小谷同心だった。

「おっ、旦那」

「来なすったかい」

鬼助と市左は急いで縁側に出た。

「おう、おめえら。そろっていたな」

と、小谷は縁側に腰を下ろし、そこに胡坐を組んだ二人に上体をねじった。小柄な千太がかたわらに立っている。小谷が伝馬町に来たときの、いつものかたちだ。

鬼助と市左は、

（さあ、裁許が下りたのでござんしょう。話してくだせえ）

期待を込めた表情で語り、小谷の長身で面長《おもなが》の顔を見つめた。

「きょう午前だ。お白洲があってなあ。鳴海屋征五郎は死罪、唐八は遠島、与太どもも三人そろって死罪だ」

「ほおう」

鬼助はうなった。思ったとおり重い処断だった。

死罪にも種類があるが、

「征五郎は一番罪が重く、獄門（さらし首）のうえ闕所《けっしょ》（私財没収）で、与太三人は小伝馬町の牢内で土壇場《どたんば》に座らされて斬首だ。死体は試し斬りで、ずたずたにされようよ。執行は二、三日後で、あいつら骨のつながる暇もねえ。唐八は春に流人船《るにんぶね》が出ようから、それまで牢内に留め置かれることになる」

「牢内って、そこの小伝馬町のですかい」

市左が問いを入れた。

「そういうことだ。それになあ、鳴海屋の女中や小僧たちは、これは可哀相だが、江戸所払《ところばら》いだ」

「奉公したのが、たまたま脇質の鳴海屋だったたばっかりになあ」

言ったのは鬼助だった。鬼助も中間として奉公したのが堀部家だったばかりに、いま数奇な日々を送っているのだ。

小谷は、つけ加えた。

「あの浪人者よ。まあ生きていたら、武士としての切腹は許されず、与太どもと一緒に土壇場に座らされることになったろうなあ」

武士として、これほどの恥辱はない。

「それはそうと、鳴海屋が闕所なら旦那、政吉さんたちの借財はどうなるんでえ」

市左が問いを入れた。

「それよ」

小谷は身づくろいをするように腰を据えなおし、

「鳴海屋が闕所になっても、借金は残らあ。奉行所がそれらをかき集めて没収ということになるが、犠牲者はみなあの浪人と与太どもに痛めつけられ、返済ができねえ身になってらあ。そこでお奉行の裁許は、買った呉服屋に着物を返せばそれで帳消しということになってなあ」

「そりゃあいいや」

鬼助が言ったのへ市左が、

「呉服屋はどうなりやす。一度袖を通したら、もう古着ですぜ。それを返《けえ》してもらっても、えれえ損ですぜ」

「おっ、さすが見倒屋だ。売った呉服屋は一軒や二軒じゃねえ。どれだけ支払いがすんでいるか、それぞれによって条件が異ならあ。借金を払いつづけるか物を返すか。娘を連れて行かれたのはどうするか。これからその話し合いで、俺たち奉行所は忙しくなるのよ。目立たねえ地味な仕事でなあ」

「ご苦労さんでござんす。で、政吉のほうはどうなりやす」

市左はなおも訊いた。

「それをこれから俺が行って、政吉やおフクと話し合うのさ」

小谷は応え、

「まあ、借金というより、呉服屋への支払いをつづけるか、物を返して帳消しにするか。返しゃあアキとナオの着物はなくなるが借金もなくなる。政吉の骨折り損じゃねえ、骨折られ損になって呉服屋も古着を返されて一挙両損。あ、こういう言葉はなかったか。ともかく祭のたびにこういう置きみやげが、あちこちに出るのさ」

面倒そうに腰を上げ、

「そうそう。孝兵衛店の松井どのだが、もう政吉の見張りはしなくてすまあ。俺から言っておくが、なにか言付《ことづ》けはあるかい」

「いえ。なにもありやせん。ただ、ご苦労さんでした、と」

鬼助が応えたのに対し市左は、

「松井の旦那もお人がよく、ありゃあ町場の堀部安兵衛さまと間違えられても仕方ありやせんや」

「もっともだなあ、あはは。さあ、行くぞ千太。鍛冶町の八百屋からだ」

「へえ」

「ご苦労さんでございやす」

鬼助と市左は、縁側から小谷健一郎と千太の背を見送った。市左の口から、不破数右衛門の名が間違って出ることはなかった。

二人の背が見えなくなると市左は、

「一挙両損とはおもしれえ。だが俺たち見倒屋は、ささやかながら商いはさせてもらいやしたぜ」

「そうかもしれねえ。さあて、俺も一件落着で、ちょいと本所三ツ目でいい汗流して来るか。つき合うか」

「いいえ、あそこは兄イにお任せの所でやすから」

「そうか」

鬼助は一人で木刀を腰の背に差し、出かけた。

市左は道場で汗を流すのを嫌っているのではない。すべてを心得ているのだ。

本所への歩を踏みながら、

「市どん、その物分かりのよさ。おめえの出自《しゅつじ》が、ほんとうに知りたくなってきたぜ」

一人、つぶやいた。

季節はすでに冬を感じる、元禄十四年（一七〇一）神無月《かんなづき》（十月）の下旬に入っている。浅野家改易より、七月《ななつき》が過ぎていた。

時代小説

二見時代小説文庫

百日髷《ひゃくにちまげ》の剣客《けんかく》　見倒屋鬼助《みたおしやきすけ》　事件控《じけんひかえ》4

著者　喜安幸夫《きやすゆきお》

発行所　株式会社　二見書房
東京都千代田区三崎町二－一八－一一
電話　〇三－三五一五－二三一一［営業］
〇三－三五一五－二三一三［編集］
振替　〇〇一七〇－四－二六三九

印刷　株式会社　堀内印刷所
製本　ナショナル製本協同組合

落丁・乱丁本はお取り替えいたします。
定価は、カバーに表示してあります。

 ISBN978－4－576－15109－0
http://www.futami.co.jp/